vmn

W0272852

Hermann Hehn

Lach, wenn's zum Heulä net reicht

Fränkisches für alle Gemütslagen

Verlag Michaela Naumann

Copyright by
Verlag Michaela Naumann, **vmn**, Nidderau, 1999
Gesamtherstellung:
Danuvia Druckhaus Neuburg GmbH,
86633 Neuburg/Donau

Die Illustrationen wurden von
Detlef Zwirner, Würzburg, gezeichnet.

Die Deutsche Bibliothek – CIP-Einheitsaufnahme
Hehn, Hermann
Lach, wenn's zum Heulä net reicht:
Fränkisches für alle Gemütslagen / Hermann Hehn. –
Nidderau : Naumann, 1999
ISBN 3-933575-13-3

Statt eines Vorwortes

Grüß Gott, ihr Leut! Schöa, euch zu sehn!
Herzlich willkommen! saicht euch euer Hermann Hehn
aus Bütthard – bei uns Bötterd genannt –;
in Ochsäfurtä Gäa liacht des. Des is doch bekannt!
Ich breng euch Versli, Reime und a ä poor Gschichtä!
Drum saicht manchä a: Guck hi, ä Dichtä!
Anneri wiederum soachä – mir zwar net grod ins Gsicht:
Ä Dichtä soll des sei? Der is wohl net dicht!
Der Dialäkt is gröaßtätäils net ächt!
Die Verschli passä a net rächt!
Sou gäht's zua, mer könnt da sou viel fin',
warum ich kee richtichä Dichtä wohl bin!
Racht hat mer damit, wenn ich's racht bedenk,
doch des tu ich mir halt schenk.
Wos ich mit meinerä Gädichtli soachä will,
braucht kee Verschmaß und a gor keen festä Stil.
Ich säh manches mit meinerä Aachä und denk drübä nach.
Des is eichentli alles. Und des will ich weitäsoach.
Manches is zum Similierä und manches zum Lachä,
uff jedn Fall will ich anneri ä Fräad damit machä!
Was annersch zu behauptä, wärä schlicht eefach nur Lüchä!
Ich wünsch euch ä weng Spaß mit meinerä Verschli und

ganz viel Värgnüchä!

Von mir und von meim Labä

Ä Gädicht

Äs werd mer oft die Froach gstellt:
Wos is denn ä Gädicht?
Wenn ich mer die Sach mal racht bedenk:
Eefach zu erklärä is des nicht.

So ä richtichs schöans Fästassä,
wo net im Moachä liacht
und wo äs Aach a mitißt –
mmh, des is ä Gädicht!

A ä guatä Frankäschoppä,
wo mer kee Koupfwäh kriacht,
wenn so was durch die Gurgel rinnt –
ooh, des ist ä Gädicht!

Bei ärä Fraa mit so äm Figürlä
und mit äm Engelsgsicht
höart mer die Mannsbildä pfeifä:
Mensch, is die ä Gädicht!

Und wenn Gott Amor zuäschläicht
und mer sei Traumfraa siacht,
da denkt mer dann voll Liabä:
Fraa, du bist ä Gädicht!

Ä Melodie, die wo ins Ohr gäht,
die mer net ausn Koupf mehr kriacht,
ä Gsang mit schöni Stimmä
is sichä ä Gädicht.

Eens gibt's noch zu bedenkä –
äs fällt zwar kaum ins Gwicht;
a ä paar higschriabni Zeilä,
a des is ä Gädicht.

Des Karussell

Ich bin ä Karussell, ä altes Jahrmarktskarussell,
ich dräb mich mal langsam, ich dräb mich mal schnell.
Ich werd ämal da und ämal dort nou als gstellt,
soll ä weng Fräad breng der Menschä in meinerä Wäld.
Wie mer uff än Karussell scho immä Figurä hat gfunnä,
sou bin a ich mit vielarä Menschä sehr eng halt värbunnä.
Ohne sie wär ich nix – eenä, der schier gor nix zählät,
weil ohne Figurä dem Karussell eefach wos fählät.

Ich brauch Menschä, die zu mir stähä und zu mir a haltä,
ärscht dann kann ich mich richtich und sinnvoll entfaltä.
Die Menschä, die mit mir värbunnä sin,
dräbä sich mit mir, mal här und mal hin.
Egal ob sie groub sin oddä racht nett,
ich brauch sie, ohne sie wär ich wohl net richtich komplett.
Hätt ich obbä nur sie, sou könnt ich keen Sinn da drin säh,
ich würd mich als Karussell ner im Kreise allszua dräh.

Als Karussell hab ich ärscht än Sinn,
wenn anneri Menschä gähä tatsächli zu mir a dann hin.
Ich dräb mich im Kreis, ohne Rast, ohne Ruh,
ee Mensch, der staicht ab, ä annerä staicht zu.
Die Menschä, die kummä, die sen ganz värschiedä,
ee Täil moich mich net, doch viel sen a zufriedä.
Denn ich breng für manch kurzn Aachäblick
denä Leut die heili Wäld wiedä zurück.

Ich säh leuchtände Kinnäaachä, höar Kinnälachä
und freu mich, daß vieli noch Spaß könnä machä.
Doch säh ich a Einsamkeit und Menschä mit ganz läari Händ,
denä kann ich als Trost und a ä weng Abwechslung spend.
Uff mei Karussell därf jedä uffspring,
ich hoff, die Fahrt mit mir kann jedäm wos bring.
Ee Täil springt ab, scho nach ee, zwäa Rundä,
ä kleenärä Täil bleibt längä mit mir noch verbundä.

dz

Und der, dem mei Karussell sou richtich guat gfällt,
der värwächst mit mir und meinerä Wäld.
Mei äußeri Pracht, die Musik, der Lichtäglanz
stachä ins Aach und värdeckä des Innälabä ganz.
Wenn eenä ner ganz kurz mit mir fährt,
is ihm der Zuagang zum Innärstä värwährt.
Ner wer sich mit mir längä im Kreis rum dräht,
wäß, wie's um mein innärä Outrieb daderbei stäht.

Wos nach außä aussiacht, als ging's von ällee,
kann im Innärstä oft racht schwär vor sich gäh.
Mei innärä Outrieb – mei Herz – kann dann Leistung ärbring,
wenn Menschä vollä Fräad uffs Karussell tuä uffspring.
Als Karussell werd ich mich weitä im Kreis rum bewechä,
dem Elend und der Traurichkeit in unnerä Wäld entgechä.
Ich bin ä Karussell, ä altes Jahrmarktskarussell,
ich dräb mich mal langsam, ich dräb mich mal schnäll.
Wichtich ist ner, daß ich ständich in Bewechung bin
für Menschä, die mich brauchä. Dann hat mei Dasein än Sinn!

Der Fadäweißä

Ich bin ä Fadäweißä, noch kee Wei,
ich bin noch net värgoarä.
Ich kann noch ä guatä Tropfä werdn,
äs is noch nix värloarä.

Ich bin a noch kee klarä Wei,
hob kee Bukee und bin net liab.
In mir, da schafft's als immä noch,
ich bin noch grau und trüab.

Ich laß mich in kee Schemä zwäng,
wäß noch net alles bessä.
Wenn mer mir kee Spundloch offä läßt,
spreng ich noch alli Fässä.

In mir, da gärt's und tut's rumor,
äs braust und sprudelt alls sou zua.
Äs tuat in mir noch übäschwapp,
ich kumm noch net zua Ruah.

Wer will, der kann und därf mich a
sou unfertich genießä:
Ä Fadäweißä hilft für viel,
des is fast scho ärwiesä.

Manchem stoß ich sauä uff
und liachn schwär im Moachä.
Daß ich alsmal gscheid durchputz tu,
kann net jedä guat värtroachä.

Viel Leut värstähä's obbä a,
mich richtich eizuschätzä.
Sie lassä sich mit Maß und Ziel
in Stimmung nei värsetzä.

Ich bin jetzt noch ä Fadäweißä,
ich will ä Wei ärscht wern.
Zum guatä Tropfä fählt mer viel.
Ich muß wachs und reif und lern.

Laff net, gäh langsam

Laff net, gäh langsam,
du kummst genausou nou dein Ziel.
Laff net, gäh langsam,
sonst entgäht dir unnäwaachs zuviel.

Laff nicht, gäh langsam,
gäh uff die Menschä zu, die um dich sind.
Laff net, gäh langsam,
ällee – ohne sie – bist du wie ä Blatt im Wind.

Laff net, gäh langsam,
freu dich an Blumä, die am Waach ärblühä.
Laff net, gäh langsam,
paß uff sie uff: Ihr Schöanheit will für dich ärglühä.

Laff net, gäh langsam,
nämm dei Labä in die Hand.
Laff net, gäh langsam,
das Schöani im Labä werd in der Hektik zu oft noch värkannt.

Laff net, gäh langsam,
groaßi Dinge wachsä ner im Leisä und im Stillä.
Laff net, gäh langsam,
Gott schuf des Stillseinä um des Menschä willä.

Laff net, gäh langsam,
gäh uff Gott und die Menschä zua, Schritt für Schritt.
Laff net, gäh langsam,
half anneri, und du werst salbä glücklich damit.

Laff net, gäh langsam,
unnä Labä kann sou schöa doch sei.
Laff net, gäh langsam,
gäh net achtlos und übähastet dadrou vorbei.

Laff net, gäh langsam,
gäb net uff wechä Problemli oddä Sorchä.
Laff net, gäh langsam,
Gott hält dich in seinärä Hand gäborchä.

Ich kann net dräb, schleuf und äs Kübälä häib

Ich kann net dräb, schleuf und äs Kübälä häib!
Frühä hat mer gwißt,
daß alles uff eemal zu machä
ä Ding der Unmöglichkeit is.
Ich kann net dräb, schleuf und äs Kübälä häib!
Des kummt vom Scheräschleifä.
Ällee kann mer net alles mach,
des war offensichtlich zu begreifä.

Ich kann net dräb, schleuf und äs Kübälä häib!
Des trifft a heut noch zua.
Fast jedä von uns värsucht doch oft,
fünf Sachä uff eemal zu tua.
Ich kann net dräb, schleuf und äs Kübälä häib!
Dabei tust dich värzettl.
Und wenn dann gor nix bei dir läfft,
schmeißt hi den ganzä Bedl.

Ich kann net dräb, schleuf und äs Kübälä häib!
Ja, Mensch, säht ihr des nit?
Manchmal könnst den Eindruck gwinn,
daß keen annern für die Ärbät git.
Ich kann net dräb, schleuf und äs Kübälä häib!
Ich muß des a net könn!
Än Täil zum Ganzä muß ich leist,
obbä a Ruah muß ich mer gönn.

Ich kann net dräb, schleuf und äs Kübälä häib!
Tu net zuviel uff eemal mach,
egal, wost denkst, daß du machä mußt,
äs kummt allszua wos Neus nach.

Vom Lachä und vom Heulä

Lach, wenn's zum Heulä net reicht

Lach, wenn's zum Heulä net reicht,
äs hat sich nämlich oft gäzaicht:
Des Labä wär ner halb sou schwär,
wennst öftersch lach tätst anstatt plärr.

Manchmal könnäst schier heul vor Wuat,
wennst denkst, des werd ja doch net guat,
weil dir jedä uff dä Nas rumtanzt.
Lach eefach, wennst net heulä kannst.

Net immä gäht die Wäld gleich unnä,
pack's mutich ou, na hast scho gwunnä.
Anstatt, daß du dir Soarchä machäst,
wär'sch gscheidä, wennste drübä lachäst.

Säh net in allämm nur die Plach,
des tut dir uffn Moachä schloach.
Oft gibt's zum Jammern gor keen Grund,
lach alsämal, dann werste gsund.

Mach äs Labä dir net salbä schwär,
denk net: Mei Glos is halbä leer.
Des is nämli noch halbä voll.
Äs Lachä hilft dir für dein Groll.

Wos hilft's, wennst bloß noch lamentierst
und dich für nix mer intressierst?
Trauer värpaßti Chancä net nach,
glotz nach vornä und tu lach.

Des, wos äs Labä dir ärschwärt,
is mästens gor kee Tränä wert.
Mach net wechä än Pfurz so ä Gschiß!
Lach, a wenn dir's als zum Heulä is.

Lach, wenn's zum Heulä dir net reicht,
dadurch werd manches für dich leicht.
Übä dir stäht eener, der dich lenkt:
Oft künnt's a) annersch, als wie b) mer denkt.

Fünf Minuten vor zwölf

Ärscht seit mer die Kercheglockä
im Dorf jetzt nix mer höart,
märkt mer, daß uns da wos abgäht,
daß des Läute gar net stöart.
Der Turm werd wieda härgricht,
die Last war ihm zu groaß,
und dabei märkt mer ärscht ämal:
Ja, Mensch, da fahlt doch wos!

Wenn ich in der Kerch dann drinnä,
guck uff die ärschtä Benk,
tu ich mich oft ärinnä
und mal an frühä denk.
Alle Plätz warn voller Kinner,
heut siachst läare Benk ner bloaß.
Da kann doch wos net stimme:
Ja, Mensch, da fahlt doch wos!

Scho vieli altä Werte
sen jetzt bereits värloarn,
und a mit altä Traditionä
is oft gäbroachä woarn.
Nur weil's halt oft bequem is,
läßt mer als vieles los
und märkt dann hinnärhär ärscht:
Ja, Mensch, da fahlt doch wos!

Wenn S' kee Gäld ham …

Dem Musikant am Straßärand
höar ich sou garä zua;
und neuli hob ich mit än wos ärlabt,
des läßt mer gor kee Ruah.

Gwöhnlich hat är ä Schüssälä,
vorn drou, da hengt ä Zettl,
mit dem tut är bei dä Leut
ä mildi Gab ärbettl.

Sou sammelt är fast jedn Toach
manchi Zehnärli und Pfennich;
ich gläb, är kann grod sou mit lab;
är sammelt net grod wenich.

Är stäht als oft am salbä Eck,
ich kumm da garä drou vorbei.
Wie sälbstvärständlich schmeißt mer als
im Vorbeigähnä wos nei.

Der armi Kärl – sou denk ich als –
soll ruhich a wos kriachä.
Da säh ich bei em uff eemal
än neuä Zettl liachä.

Wenn S' kee Gäld ham, tut's ä Lächeln a,
hat der Musikant nougschriäbä!
Der kleeni Satz, der tut mich treff,
drum bin ich stähgäbliäbä.

Da zaicht doch so ä armä Kärl,
dem salbä alles fählt,
daß äs da noch wos Wichtichersch gibt
als Reichtum und als Gäld.

Ä bissalä mer Menschlichkeit,
ä guats Wort und ä Lächeln
stähnärtä uns allerä racht guat
als nach immä mehr zu hecheln.

Der Musikä hat's scheints kapiert:
Gäld ällee kann uns net glücklich mach.
Mer müssä mehr den annern säh,
uffn zuagäh, mit äm lach.

Sou nötich, wie är äs Gäld a hat,
är braucht noch mehr zum Labä,
dadrou soltä mer als denk,
wenn mern ä poor Pfennich gabä.

Mit än Almosä im Vorbeigähä
is äs halt net gätan,
ärscht mit ä bißlä Wärm und Liab
kummt's a beim annern an.

Der Mou, der tut mir imponier –
und grod sei Zettl a.
Wenn S' kee Gäld ham, kann mer da druff läs,
dann tut äs ä Lächeln a!

Links vom Waach

Uffn Waach naus zu dä Kapell
kummt mer an än Kreuz vorbei,
des wo zwäa Bäam flankierä,
und denkt sich nix dabei.

Ich kann mich noch ärinnär –
und des läßt mir kee Ruah:
Die alti Straß ging frühä
groadwaachs uff des Kreuz fei zua.

Damals höm mer beim Wällä
am Kreuz Station gämacht
und durch Bätä und durch Singä
an unnern Härrgott gädacht.

Heutzutoach wind sich ä neui Straß
vorbei im groaßä Bouchä;
des alti Kreuz läßt mer links liach –
äs werd vorbeigezouchä.

Dabei würd sich des fei scho lohn,
sich des Bild mal zu bätrachtä.
Ärstaunt hob ich nämlich festgästellt,
daß die sich beim Aufstellä frühä wos dachtä.

Zwäa Bäam – jedä mit eicheni Wurzel
und mit än eichenä Stamm –,
die wachsä hoach am Himmäl
zu rä starki Einheit zsamm.

Sie schliaßä in der Mitt drin
äs Kreuz mit unnärm Härrgott ei.
Des Ganzi könnt ä Sinnbild
fürs Ehelabä sei.

Groad die vieli, vieli Päarli,
die zum Heiern in die Kapell gähä,
die solltä sich ämal vorhär
in Ruah des Kreuz ousähä.

Äs is scho schad, daß fast kee Leut
die Zeit zum Ougucka findä
und ihr Ehe zwar in der Kapell,
obbä doch ohne än Härrgott beginnä.

Die Kapell is halt sou romantisch,
sie biet sich zum Heiern a ou:
Des Feiärä dänach is oft wichtichä,
und Gott stäht ganz weit hinnä drou!

Uff der neui Straß is mer schnall drauß,
mer kummt a ganz gschwind wiedä rei;
des bißlä Kerch da zwischädurch,
des gäht scho a vorbei.

Der äußeri Rahmä muß halt stimm,
damit die Brautleut a ihr schöani Bilder kriächä!
Der Härrgott bleibt – net nur am Kapellwaach –
bei vielä heut links liächä!

Zufriedenheit

Gleich näben Dom drou ou der Mauä
hockt ä Kerl, der könnt dich dauer.
Den hob ich bei Sturm und Rachä
öftersch scho dort hockä gsachä.

Der Platz is scheints für ihn grod richtich,
denn tut mer ärscht den Dom besichtich,
mecht sich ä weng Barmherzigkeit
fürn Moment in eem noch breit.

In des Kastlä, des er eem entgaichästreckt,
werdä värschämt ä poor Zehnerli neigsteckt.
Gott sei Dank, gäht's mir net sou,
denkt mer sich und gäht dävou.

Der alti Mou tut eem scho ä weng leid,
doch hat mer für'n halt gor kee Zeit.
Mer höm doch heutzutoach kee Ruah,
allszua muß mer doch wos tua,

allszua muß mer schaff und mach,
allszua braucht mer noch mehr Sach.
Alles braucht mer, wos ner git –
zufriedä sen mer trotzdem nit.

Neulich im Vörübägähä
säh ich noch so 'n Kerl dort stähä:
Runnäkummä, wie's ner gäht,
höm die mitenannä g'redt.
Sichä tun die lamentier
übers Wattä, än Schnaps und äs Bier.

Wie gäht's? hör ich, tut eenä froach.
Die Antwort trifft mich wie ä Schloach!
Ich hör des heut noch, immä wiedä:
Ich kann net klach, ich bin zufriedä!

Da hockt der Mou im Rachä drauß,
siacht armselig und schlampert aus
und redt doch von Zufriedäheit.
Wo gibt's des noch in unnerä Zeit?

Mer, die mit nix zufriedä sen,
tun des Gfühl scho nix mehr kenn.
Mer dürftä a mehr Zufriedäheit zeich:
Net wer viel hat, wer wenich braucht, is reich!

Kälter werd's

Wenn sich die Bledder langsam färbe,
wenn sich der Summer laicht nou zum Stärbä,
wenn der Nabel sich laicht über Wiese und Fälder,
dann werd's draußä immä kälter.

Wenn's an Allerseele jeden zum Kerchhouf ziecht,
wenn mer früah beim Nausgähe sein Atem siacht,
wenn vom Reif bedeckt sen Äcker und Wälder,
dann werd's draußä immä kälter.

Wenn der e sich nix mer fürn annern ärwärmt,
wenn eener von immä mehr Reichtum ner schwärmt,
wenn mer alls zu noch mehr will an Gut und an Gälder,
dann werd's – net nur draußä – bei uns immä kälter.

Wenn mer nix mehr übrich höm fürenannä,
wenn mer nur noch schaffe stets gaichäenannä,
wenn mer merk müsse, mer wern ganz ohne Liabä jetz älter,
dann werd's – net nur drauße – bei uns immer kälter.

Wenn mer uns obbä uffänannä besinne,
wenn mer uns gaichäseitich wiedä mehr Hilfe als bringe,
wenn jeder von uns oufengt zuärscht bei sich sälber,
dann werd's – Gott sei Dank – wieder draußä nur kälter.

Tragbar

Ä kleens Mädlä schleppt sich der Straß entlang,
äs tut dabei schwär schnauf,
und in än groaßä Tuch eigwickelt
hat's ä Kind am Buckel drauf.

Sie kann den Kleenä kaum derhaib;
des tut en richtich leid.
Sie siacht aa ziemlich fertich aus,
ihr Waach war scheints scho weit.

Voll Bedauern und voll Mitleid
tut da ä Mou sie froach:
Ja, Kind, muß des denn werkli sei,
daß du sou ä Last mußt troach?

Des Mädlä guckt värwunnert drein
und saicht zum Mou ner knapp:
Ich troach doch gor kee Last mit mir!
Des is mei Brudä, den ich hab!

Urlaub

Ä poor Shärpas in Nepals Bergen
sen nach rer kurzi Rast
eefach net weitägangä,
wos ihrä Härrn net paßt.

Warum gäht ihr net weitä,
häßt's da, wo liacht der Sinn? –
Mer müssä wartn, soacht äs,
bis die Seelä nachkummä sin! –

Wartn, bis die Seelä nachkummt ...
sou söllät Urlaub sei.
Vor uns salbä rennä mer davou
mit unnerä Hetzerei.

Mer müssät als mal eihalt
und uff unnä Seelä wart!
Sunst fählt uns irgendwann mal wos,
wenn mer wos Neus wollä start.

Die Seelä langsam nachkumm lass,
fällt uns im Alltoach schwär!
Ohni Urlaubstoach zum Stillwern
werd's in uns drin bald leer.

Im Urlaub könnä mer endlich
die Seelä mal baumel lass.
Damit läßt sich unnä Labä
klarä und bessä ärfass.

Der Seelä als mal ä weng Ruah gönn,
a übärn Urlaub naus,
des nähmät ich am liabstä
vom Urlaub mit nach Haus.

Urlaub is schöa und wichtig,
doch is äs des net ällee:
Unnä Seelä sollät a im Alltoach
mit uns im Gleichschritt gäh!

Zeitung

Oh je, wos is jetzt heut los!
Ich tu ja fast erschreck:
In meinrä Toacheszeitung
kann ich kee schlächte Nachricht drin entdeck!

Vorn stäht in groaßi Lettern:
Tut uns leid! Äs is nix passiert,
wos Sie, geneigte Leser,
tatsächlich interessiert.

Äs is kee Mord vollbracht worn,
kee Diebstahl und kee Raub
und a kee Vergewaltigung;
mer kann des fast net glaub.

A ä Hungersnot hat's nirgends gabä
rund um die ganzi Wäld.
Und stellt euch vor, daß scho seit gestern
in keen Kriach ä Schuß mehr fällt.

Kee Fluß is heut verseucht worn,
kee Wald wurde zärstöart.
Kee Mensch hat's mit än annern schlecht gmeent.
Höbt ihr so was schon mal ghöart?

Da hat ee Streithammel än annern
die Hand zur Värsöhnung gäreicht.
Und weil mer se sinnvoll värtäilt hat,
höm die Lebensmittel plötzlich gereicht.

DZ DIE ZEITUNG
KEIN HASS
KEIN KRIEG
KEIN HUNGER
dz

Aus Schwärtern wurdä Pflugschar,
aus Granatä Glockä gmacht.
Allä Neid und alli Zwietracht
warn värschwundä übbä Nacht.

Ee Mensch schreibt in der Zeitung,
daß är an annern liabt.
Der anner baut ä Brückä zu seim Feind,
indem är ihm wos värgibt.

In der Zeitung stähn von vorn bis hinnä
ner guati Nachrichtä drin.
Hoffentli bleibt des immä sou,
kummt mir da nei mein Sinn.

Da schallt uff eemal mei Weckä,
und ich bin uffgewacht.
Schad, daß des bloß a Traum war,
hob ich beim Zeitungslasä gädacht.

Rebenleben

Wer hat sich scho mal mit Bädacht
Gädankä übärn Träubl gmacht?
Des Schicksal – wahrhafti – von solcherä Traubä
is scho wos Grausams, des könnt ihr mer glaubä.
Ob Sturm oddä Rachä, ob Hagel, ob Blitz,
Ihr hengt nur im Freiä – und nix tut euch schütz.
Ihr höbt kee Doach übärn Koupf äs ganzi Jahr,
manchi von euch lassä se ganz steif gfrier sogar.
Doch gäht jetzt euer Leidenswaach ärscht los:
Mit Scherä gäht mer uff euch los
und schneid euch ro von euerm Stamm,
mer schmeißt euch nei een Äimer zsamm.
Dann werd ihr in groaßi Tonnä neigleert
und euerm Träubl-Labä ä Ende beschert.
Zerquetscht zu Brei kummt ihr da raus,
dann übt mer Druck uff euch noch aus.
In der Keltä werd ihr richti gschunnä,
der letzti Tropfä werd aus euch rausgwunnä.
Schier meent mer, daß sich äs Licht der Wäld
für euch zum letztä Mal ärhellt,
denn mer sperrt euch jetzt in Fässä nei,
läßt euch ner ä kleens Spundloch frei.
Und während ihr endli langsam drou denkt,
daß mer euch die wohlverdienti Ruah jetzt schenkt,
daß ihr in Stille euch könnt klär;
des Ganzi sollät net läng währ:
Trüab und grau säht ihr noch aus,
da holt mer euch scho wiedä raus.
Mer füllt euch in ä Seidlä nei
und läßt euch gor net wern zu Wei.
Bremsä, Sußä, Rachäbeißä,
sou nennt mer euch. A Fadäweißä
werd zu euch mancherorts jetzt gsacht.
Oje, wos hobt ihr mitgemacht!
Oje, wos mer euch Träubl alles tuat,
oje, oje! – Und sou schmeckt ihr werkli a scho guat!
Habt ihr des scho ämal verkost?
Prost!

Brautschau

An Fasenacht war ich ämal der alti Sokrates,
und der hat, wie mer heut no wäß,
immä ä Lampä in der Händ gätrochä.
Da hat mich dann eenä uffgäzochä:

Wos willst denn mit derä Lampä säh?
Gall? Dir söll ä Licht uffgäh!
Wos leuchst denn du da dauernd rum?
Soach, findst du des net sälbä dumm? –

Ich such mit derä Lampä – willst du des werkli wiss? –
ä Fraa, die wos fürs Labä is.
Ich leucht in jedäs Gsichtlä nei,
ob wos für mich dabei könnt sei. –

Oh mei, meent är, stellst du dich ou!
Mei Fraa, die hob ich kriacht a sou,
ohne mit so ärä Lampä rumzuhantiern!
So ä Lampä hob ich net gäbraucht, um sie zu verführn! –

Mei Lampä, soach ich, die is net värkehrt,
die ist denn Uffwand für mich wert.
Daß du kee Lampä ghabt hast, des nähm ich dir ab,
seit ich äs ärschtämal dei Fraa gsähä hab!

Kerbä

Im Nachberort ist Kerbä gwäst,
und des ist immä ä Mordsfest.
Des tua mer uns net entgähä lass!
Wir fahrn hi und wolln 's Auto dort stähä lass.

Gätanzt höm mer wie där Lump am Stäckä,
und a beim Trinkä brauchtä mer uns net zu värsteckä.
Wir warn zu viert. Äs hat uns allä
uff derä Kerbä racht guat gfallä.

Gfeiert höm mer schier die ganzi Nacht!
Häam hat uns da kennä mer gäbracht.
Der Morchä hat langsam scho gägraut,
da höm mer uns ins Auto zum Schlafä neighaut.

Äs war ziemlich eng, des Auto war halt racht klee,
ä altä Käfä war des, von Vauwee.
Doch weil mer gätrunkä ghot höm sou allähand,
hat uns schließli doch der Schlaf ubämannt.

Die Sonn hat schon hoach am Himmäl gälacht,
da sind mer endlich wiedä uffgewacht.
Mir liachä kreuz und quer beiänannä –
äs war ä heillos Durchänannä!

Ä Weil hat's gädauert, bis sich des Chaos hat glicht,
uff eemal machä mir vier ä saudumms Gäsicht.
Mir hattä uns nämlich übä Noacht scheints värmehrt,
da war no eenä im Auto, der hat sichä net zu uns ghöart.

Scheints war der aus dem Ort, ärschrockä ist der fortgärennt,
von uns hat 'n jedenfalls kennä gäkennt.
Wie der zu uns ins Auto kummä ist, wäß kennä sou gwiß!
Da siacht mer obbä wiedä mal, wie schöa so ä Kerbä als is!

Alls sou zua

Alls sou zua is fei kee Ackäleng –
sou hat mer früahr gsacht.
Seinärzeit hat mer sich net viel gägönnt,
doch Pausä hat mer gmacht.

Alls sou zua is fei kee Ackäleng –
da hat sich der Mensch drou ghaltä.
Die Kerchäglockä hat än gmahnt,
stilli Bätrachtung als zu haltä.

Alls sou zua is fei kee Ackäleng –
des höm die Alti gwißt.
Wos nützt die ganzi Ärbät schier,
wenn mer alläs anneri dabei värgißt.

Alls sou zua is fei kee Ackäleng –
des hat mer sonst gägläbt.
Trotz viel mehr Ärbät und Schafferei
hat mer damit guat gläbt.

Alls sou zua is fei kee Ackäleng –
der Satz tut uns heut fähl.
In unnäri sou modärni Zeit
will mehr und mehr ner zähl.

Alls sou zua is fei kee Ackäleng –
mer müßt als ruhichä wern
und trotz allä Hektik und trotz Streß
äs Stillwerdä neu lern.

Alls sou zua is fei kee Ackäleng –
mer müssä a värschnauf.
Wenn mer nix mehr zua Ruah kummä,
frißt uns die Unrast auf.

Alls sou zua is fei kee Ackäleng –
ä jeds Ding braucht halt sei Zeit.
Egal, wos mer a oufengt,
mit »Alls sou zua« kummt mer net weit.

Von Flurbereinichä, Värmässä und anneri Zeitgenossä

Grenzen

Än Grenzstee höm se in Herchsi gsetzt:
schöa groaß, doch schief und krumm.
Ä Froach taucht uff, wenn mer nä siacht:
Warum mecht mer des? Warum?

Ä Grenzstee soll vor Übärgriff schütz.
Mer soll se sich bewahrn;
wenn mer sei Grenz in Ordnung hält,
kann mer sich Ärchä sparn.

Sou hat mer des scho frühä glernt,
doch stellt der Stee des jetzt in Froach.
Äs scheint, als schreiät er eem zua:
Bätracht mich und denk nach!

Ich hob den Stee mir ougeguckt,
sei Inschrift präicht sich bei mer ei:
»Grenzstee als Mahnstee«, stäht da druff,
um uns zu mahne, »Mensch zu sei«.

Mensch sei! Ja, Mensch, des is äs doch,
wos uns sou arch oft fählt.
Sich salbä rückt mer gärn ins Licht,
wobei der anner gor nix zählt.

Sou bauä mer uns manchi Grenz
aus Neid und Habsucht auf
und nahmä, damit's uns bessä gäht,
rücksichtslos oft viel in Kauf.

Net ner für sich salbä dasei!
Dazua will der Stee uns mahn.
Was passiert, wenn Grenzä fallä,
kann mer dann vielleicht erahn.

Wenn mer Grenzä übärwindä,
tut's mehr Mitenanner gab.
Die Menschä kämä sich all nähä,
sie würdä glücklichä lab.

Zwää Grenzä nur im Labä
sen uns vorhärbestimmt:
Eeni, die dir äs Labä schenkt,
und eeni, die dir's nimmt.

Zwischä derä zwäa Stationä
ziacht jedä von uns sei Bahn.
Vielleicht kann uns der groaß krumm Stee
als ämal zum Menschsei mahn!

’s is der Wurm drin

Ä alts Bildlä hob ich neulich gfunnä
von unnerm Bäamaland.
Da hat mich die Erinnerung
an früahä übärmannt.

Wos höm mer als kleeni Kerl
im Bäamalandlä gspielt!
Und höm dabei ganz sehnsüchtich,
nach derä Öpfel gschielt.

So a Öpfel, frisch vom Bäam ro g’ropft,
der hat noch sou richtich gschmeckt!
Ougetatscht und sauä, und manchmal
hat noch ä Wurm drin gsteckt.

Jetzt sen se weg, die Öpfelbäam,
bei der Flurbereinichung warn sie im Waach.
A groaßä Ackä is draus worn!
Doch trauer ich der Bäam oft nach.

Ich stäh am Rand vom Ackä,
an Öpfel aus Südtirol in der Händ.
Irgendwo is da der Wurm drin,
hob ich für mich gämeent.

dz

Flurbereinigung

Soacht, sen denn euer Äckä
werkli sou schlacht und klee,
daß äs ohni Flurbereinichä
tut fast scho nix mehr geh?
Soacht, muß denn jedes Sträuchlä,
jedes Bäamlä, jedi Heck,
wou jahrelang scho stähä,
uff een Schloach gleich jetzt weg?
Soacht, kann mer denn sou umgäh
mit unnerä Mottä Erd,
ner daß mer noch mehr rausholt?
Is äs des werkli wert?

Soacht, warum is denn gor keenä
mit seinrä Sach zufriedä?
Warum werd denn um jedäs Ar,
um jedän Groashalm gstrittä?
Soacht, muß mer wächä jedem Draack
zum Rächtsanwalt gleich renn?
Warum ner gaichäennanä schaff,
warum sich nix mer kenn?
Soacht, muß mer sich mit jedem oulaich,
ner damit mer sei Fald värmährt?
Värzicht uff alti Freundschaft?
Is äs des werkli wert?
Soacht, kennt ihr gor kee Grenzä?
Schreckt ihr vor nix zurück?
Wos ihr als mitänanner treibt,
des is ä starkes Stück!
Soacht, kann mer des denn tatsächlich
än annerä antua,
daß mer sälbst die Värstorbeni
läßt net in Friedn ruah?
Soacht, schaamt ihr euch denn gor net,
daß ihr sälbst die Toati nix mehr ehrt?
Souweit dürfät's niemals kummä!
Des is äs bestimmt net wert!

Fluchtstab

oder: Was mer von dä Värmässä lärnä kann

Von Bötterd Richtung Vilchband zua,
bis hinnä nach Bowiesä,
höm se ä neui Straß gäplant
quer übär Wald und Wiesä.

Und wie sich des halt mal sou ghöart,
des wäß heut fast ä jedä,
werd ärscht värmässä und gäplant;
des machä Geometä.

Die höm sich gäplagt damals
(heut werd des ja beflouchä)
und sen mitsamt ihrn Handwerkszeug
übär Stock und Stee gäzouchä.

So langi Stangä höm die ghabt,
ä Stücklä weiß, ä Stücklä rot.
Doch wie die Dingä häßä,
da hob ich mei gröaßti Not.

Ich gäh zum Obärkappo,
der wo die Kartä traicht,
und frag'n a ganz höflich,
wie mer dazua wohl saicht.

Är is scheints arch beschäfticht
und guckt ner ganz kurz hoach:
Zu denä roati Stangä,
da tut mer Fluchtstab soach.

Fluchtstab? denk ich sou vor mich hi,
was soll des wohl bedeutä?
Ich will än grod a nochmal froach,
da hör ich's vieri läutä.

Ich kann dir des jetzt net ärklär,
meent är, die Zeit fählt, leidä!
Halt uns net von der Ärbät ab,
säh zua und gäh jetzt weitä.

Sie höm ihr Sachä zsammgäpackt
und sen a gleich värschwundä.
Da hob ich zu meim groaßä Schreck
noch än Haufä so Stangli gfundä.

Mei Fragerei hat die scheinbar
ganz durchänannä gmacht,
drum höm sie in der Hektik a
an ihr Fluchtstäb net gädacht.

In enrä langi Reihä
warä sie im Ackä gstickt
und kerzägrod a ausgricht,
sou weit des Aach a blickt.

Wechä deiner Fragerei, denk ich,
höm die ihr Stäb värgässä.
Ich hab des wiedä guatgämacht
und alli zsammgelässä.

Schöa uff een Haufä, wie sich's ghöart,
hob ich die Stäb higstellt
und hob extra noch dadruff gäacht,
daß net ä eenzichä fählt.

Am nächstä Toach höm sie's scheints gmärkt,
sie höm die Stäb hol wollä.
Wie die se nix mehr gfundä höm,
hättst ihr Gsichtä sähä sollä.

Guckt net sou böaß, äs sen alli da!
Ihr braucht gor nix zu soachä!
Achtmal bin ich hin- und härgerennt
und hob se zsammgätroachä.

Der Kappo werd ganz weiß im Gsicht.
Ich hob gmeent, är tut mich frass.
Mei ganzi Messerei, schreit är,
die kann ich jetzt värgaß!

Mei liabä Mou, hat der gflucht und gflucht!
Är is richtich narrisch gwäßt.
Seit derä Zeit wäß ich genau,
warum ä Fluchtstab Fluchtstab häßt.

Das geplante Verbrechen

Wer schlaicht sou spät durch Sturm und Wind?
Was mecht der da? Ich gläab, der spinnt!
Är träicht a noch soä Ding da mit.
Äs siacht sou aus wie ä Theodolit!
Im Arm träicht er noch ä poor Kartä.
Der Kerl scheint uff jemand zu wartä.
Er guckt sich a arch seltsam um.
Ich froach mich da: Warum, warum?
Da hantiert er plötzlich ganz arch wild.
Was führt er nachert jetzt im Schild?
Mir kummt langsam schon der Verdacht,
daß der ä krummi Sachä macht.
Er winkt und deut und er hantiert.
Ich bin mal gspannt, wos jetzt passiert.
Und dann hat mich wos arch ärschreckt:
Ich hob die Mittäter entdeckt!
Zwäa Stück, da, wo der Waach sich zwaicht.
Sie machä grod des, wos er zaicht.
Sie troachä Lattä hin und her.
Die Sache intressiert mich immä mehr.
Der ee davou gräbt mit äm Spatä.
Ja, sucht denn der da Koordinatä?
Nää! Er markiert nur mal ganz schnell
die vorher ausgemessne Stell!
Der ärscht – des scheint der Boß zu sei –
träicht alles in ärä Karte ei.
Suchä die wohl nach nem Schatz
oder gor fürn Mord än Platz?
Wollä die etwa Bombä laich?
Wos könnt se denn sonst bewaich,
Sturm und Rachä zu vergässä
und die Gaichänd zu vermässä?
Was ist jetzt los? Ich gläab, se tun berat
grod übä ihre Missetat!
Zum Glück hab ich mich gut värsteckt,
sonst hättä sie mich längst entdeckt.
Doch sou hob ich ganz ungstört
ihr Gspräch a häimlich mitgehört.

Ich höart von Gauß und aa von Krüger …
Warn des etwa die Betrüger?
Ordinaten gab's und aa Abszissä.
Wos des wohl is, des möicht ich wissä!
Höm die g'redt wohl von rä Eisäbahn?
Als ›Polygonzug‹ kam mal dran!
Sie deutä ou mit viel Gebärdä,
der TP sollt beseiticht werdä.
Äs kam also a Mord ins Spiel!
Des wurd mir langsam doch zuviel.
Mir war jetzt alläs eenerlei:
Ich wollt ner schnell zur Polizei.
Ich schlich ganz vorsichtig davou,
doch da entdeckt mich schon so ä Mou.
Obbä anstatt mich umzubringä,
erzähltä se von ihrä Dingä.
Ich muß äs gstäh, ganz unbefangä:
Die Phantasie war mit mer durchgägangä.
Die drei stellä sich – lacht mich net aus –
als harmlosi Värmässä raus.
Värmässä sin, des ist doch klar,
ganz wasserdicht und abwaschbar.
Drum kann es stürm drauß oddä gieß –
ä Värmässä läßt sich dadurch net värdrieß.
Är ist ärscht froah und lacht und grinst,
wenn är draußä is im Außädienst.
Die Arbät hier mecht richtig Spaß,
sei's mit Tachymeter oddä Metämaß.
Denn dem Chef seinä wachsami Blick
kann mer leicht hier drauß entrück.
Hier sen mer unä eicheni Härrn,
da schafft mer doch nochmal sou gärn.
Sou redä alli drei zu mir –
doch is äs jetzt schon weit nach vier ,
und Feierabend is net weit;
se räumä uff in kürzä Zeit.
Denn hat mer's aa als noch sou eilig –
der Feierabend, der is heilig!
Ich hob geträamt – ich säh's ja ei –,
als ich gägläabt an Gaunerei.
Obbä daderbei hob ich für mich gädacht:
Värmässär werst! – Und des hob ich a gmacht.

Büroärbet

Ich sitz an meim Schreibtisch,
des is ganz schöa dumm:
Ich langweil mich schrechlich,
und die Zeit gäht net rum.

Die Zeitung is g'lasä
von ganz hinnä bis vorn.
Der Kaffee is getrunka,
doch gäht die Zeit net voran.

Und a mit äm Kolleche
is alles besprochä,
wos dahäm sou passiert is.
Und die Zeit is gäkrochä.

Brotzeit hab ich gmacht
und telefoniert mit der Oma, wie's erä gäht.
Und wos mecht die Zeit?
Mer meent fast, sie stäht!

Die Zeit vergäht net,
denk ich mit Ängstä und Bangä.
Da hab ich halt eefach
äs Schaffä ougfangä.

Von seltsami Voichel und richtichi Rindviechä

Fottäneid

Ä Bauä hat ä Säulä ghot,
des tut net richtich frass.
Da denkt är scho in seinä Not:
Des Säulä kannst värgass!

Er gäht noch zu sein Nachber hi
und tut än sei Leid kloach.
Der lacht ner und saicht: Hör uff mi!
Mach des, wos ich dir soach:

Tu dem Säulä in seim Stoall
ä zwäati Sau neistell.
Werst sähä, du, des wirkt ganz toll,
dei Sau frißt uff der Stell.

Wenn sich die ee am Troug mecht breit,
paßt des der annäri nit.
Äs entwickält sich ä Fottäneid,
da frißt dei Sau dann mit.

Tatsächli hat des Säulä gleich
um die Wett mit der annern gfrassä.
Mir fallä da die Menschä ei:
Sen mer da arch viel bessä?

Der Fottäneid, der zaicht sich da
beim Mensch ganz offäsichtlich:
Wos ä annärä hat, des will mer a,
ob mer'sch braucht, is gor net wichtich.

Mer tut dem annern oft net mal
uffn Broat die Butter gönn.
Der Mensch, der müßt sich scho ämal
an Zufriedäheit mehr gwöhn.

Mir Menschä tätä guat dadrou,
den Fottäneid zu lassä;
äs kämät viel mehr noch druff ou,
sich mit dem, wos mer hat, zu befassä.

Schwäri Gäburt

Beim Nachbär hat ämal ä Kuah
so ä kleens Kälblä gkriecht.
Und wie des manchmal halt sou gäht,
war des ä schwierichi Gschicht.

Die Kuah hat sich scho arch gäplacht,
doch vörschi ging nix mehr,
da hat der Bauä schließli gsacht:
Der Tierarzt muß schnall her!

Der is a schließlich kummä,
hat sich die Kuh bätracht
und hat – wie äs sei Beruf halt is –
ä Untäsuchung gmacht.

Är merkt, äs is alles in Ordnung,
obbä damit's a läft wie gschmiert,
hat är zum besserä Rutschä
ä Salbä ausprobiert.

Der Bauä stäht dahinnä,
guckt neugierich a zua,
wos der Tierarzt da sou oustellt
mit seinerä liabi Kuah.

Der Tierarzt saicht: Paß uff, glei kummt's!
Des is ä racht guats Salblä.
Jetzt gäh ner du da hinnä weg,
sonst denkt die Kuah, du wärscht ihr Kalblä!

Nostalgie

Än Gaul zum Schaffä uffn Fäld
find mer fast nix mehr in unneri moderni Wäld.
Siacht mer mal een, dann gibt's oft manch schöani Fotografie:
So ä Gaul ist heut scho Nostalgie!

Ä Gaul am Ackä is wos Schöas;
sou friedlich wirkt des, gor net böas.
Des idyllische Bildlä tät mich interessier,
des würd ich garä fotografier.

Die Nostalgie uff Äckä und Wiesä
werd heutzutoach oft ougäpriesä.
Eemal hob ich än Gaul uffn Ackä ärläbt.
Des gibt's heut werkli noch, a wenn ihr's net gläbt.

Beim Kroumbierähäuflä war's bei uns mal racht dumm:
Mitn Bulldog kummt mer uff dem Ackerlä eefach net rum.
Mer höm übälaicht und höm uns besunnä,
wie mer zum Häuflä in unnä kleens Ackerlä kummä.

Der Nachber hat gsoacht: Des höm mer doch glei!
Ihr spannt eefach dazu mein Reitgaul mal ei.
Dem gfellt so was, der is da racht brav,
mit dem kannste sogar in dem kleenä Ackerlä schaff.

Des – ich soach's ehrlich – hat uns gleich allä
ächt zuagsoacht und racht guat sogar gfallä.
Wie mer des als kennt von früahr,
sou wolltä mer denn Gaul naus führ.

Der Gaul und des klee Pflüglä, des hat funktioniert.
Ich hob dabei natürlich a fest fotografiert.
Die Bildä warä stimmungsvoll und werkli fei toll.
Da hob ich den Gaul dann a mal führ woll.

dz

Grod als ich des Gscherrlä nähm in mei Händ,
da is des Viach uff eemal wie verrückt losgerennt.
Kerzägroad durch die Ackäfurch
rennt är im Galopp schier durch.

Äs hilft kee Hü und hilft kee Hott,
der Gaul marschiert druff los ganz flott.
Und eh ich mich däbei värsäh,
tritt der mir a noch uff mei Bee.

Ich denk nur noch: Mich tritt ä Pferd!
Die Wäld um mich is scheints värkehrt:
Der Gaul, den wo ich führä sollt,
hat mit mer gmacht, wos är grod wollt.

Vom Vatä hinnä höar ich ner än lautä Fluach,
är werd nix mehr Herr mit än Gaul und än Pfluach.
Mir is der Angstschweiß ausgäbrochä.
Und der Gaul? Der is gäloffä!

Ich hob gäzouchä und gäzärrt,
des Viach hat sich dägaichä gwehrt.
Doch dann höm mer mit letztä Kraft
den Gaul zum Haltä doch gäbracht.

Mer mußtä ärscht mal richtich schnauf!
Eens wäß ich seitdem gwiß, paßt auf:
In solcherä Momente pfeif jetzt ich
sou richtich uff die Nostalgie!

Zwäa Voichäli

Ä Voichälä hockt in dä Bäam,
äs pfeift ällee sei Liäd.
Von ä weng Liab, da tut's als träam
und werd davou net müad.

Da fliächt ä annärsch Voichälä bei,
setzt sich ä weng dazua.
Des Liadl gäht'n tiäf ins Herzlä nei,
da höart's racht garä zua.

Kurz druff stimmt's in des Liad mit ei –
sie singä im Duett;
sie guckä sich tiäf in die Aachä nei
und findä sich racht nett.

Sie zwitscherä und freuä sich –
ihr Scheu is übäwundä.
Und vollä Glück, ganz inniglich,
höm sich die zwäa scheints gfundä.

Des Gras is gleich nochmal sou groä,
die Sunn lacht plötzli hallä,
die ganzi Wäld werd eefach schöa,
die Zeit värgäht viel schnallä.

Des tun die Voichäli verspür,
sie schwelchä in ihräm Glück.
In rä drin tut sich ä Gfühl schon rühr,
als wär äs vom Paradies ä Stück.

Sie hockä uff ihrn Ast värgnücht,
äs Labä tut se freu.
Ä scheuä Blick hat rä gänücht,
jetzt ist die Wäld ganz neu.

Die Voichel bauä sich ä Nest,
sie sen glücklich und zufriedä.
Die Liab mecht alles zu äm Fest.
Sen mir da arch verschiedä?

Viechereien

Vier kleeni Buabä höm ämal
im Sandkastä drauß gspielt,
und wie's die Kröpf halt machä,
höm se racht gätoubt und gwüahlt.

Sie schmeißä ner sou mit dem Sand
in der ganzi Gaichänd rum.
Der Rosel, ihrä Nachberi,
werd's nach rä Wäil zu dumm.

»Ihr Läushammel«, sou schreit se,
»räamt bloß a wiedä uff!
Wenn ihr net bald ä Ruah jetzt gäbt,
dann gibt's wos hinnä druff!«

Die Kerl sen gscheid ärschrockä,
ihr Göschli bliabä zua.
Uff eemal höart mer in die Still nei
ganz laut: »Du blöadi Kuah!«

Der Kleenst von rä, der Flori,
hat des ausgrachärt gsoacht!
Da hat die alti Rosel
ganz groaßi Aachä gmacht.

»Wos fällt dir ei, du Börschlä?
Wen hast denn du gämeent?«
Sou hat sie mit dem kleenä Bua
gleich ordentlich gäschennt.

Der Flori bleibt ganz ungärüahrt
mit seinerä vier Jahr:
»Den Sepper, na, mein Bruadä!
Wen sonst? Des ist doch klar!«

Da war die Rosl zufriedä.
Ner eens hat se noch gstöart:
Sie will den kleenä Bua belehr,
wie des im Deutschä ghöart.

»Bei Buabä, Kleenä, paß fei uff
und höar mir mal guat zua,
häßt des im Deutschä ›Blöadä Ochs!‹
und net: ›Du blöadi Kuah!‹« –

Egal, wer damals gmeent war,
eens ist dabei ganz gwiß:
Mer kummt im Labä weitä,
wenn mer *kee* Rindviech is!

Von kleeni Kröpf und ihrä groaßi Sträich

Du hast uns zum Glück noch gfählt

Im Labä – des is so ä Gschicht –
muß mer uff manches als värzicht,
weil mer sich für wos annärsch entscheidt
und daderbei wos uff der Streckä bleibt.
Bei Kinnä tut sich's deutlich zeich:
Die machä arm een – und a reich.
Kinnä zu höm, höm mer uns gäwählt:
Du hast uns zum Glück noch gfählt!

Oufang tut's – laßt euch des soach –,
da muß die Fraa än Bauch rumtroach.
Der Mou fühlt sich dabei värloarä.
Dann werd mit Schmerz des Kind gäboarä.
Und spätestens mit seim ärschtä Schrei
is äs mit der Ruah für immä vorbei,
weil von da an ner der Klee noch zählt:
Du hast uns zum Glück noch gfählt!

Ärscht ämal, da brauchst ä Wiächä,
dann ä Bettlä zum Drinliächä,
dazua noch än Kinnäwoachä
und ä Tasch vielleicht – zum Troachä.
Än Autositz, Windel und än Haufä Schuah,
dein Gäldbeutl brengstä da nix mehr zua.
Fläschli, Breili, des alläs kost Gäld:
Du hast uns zum Glück noch gfählt!

Fünf-, sechsmal krecht so ä Knilch
jedän Toach sein Brei, sei Milch.
Genausouoft – da därfst net Lach –
tut är nei die Windel mach.
So ä Kleenä hält dich bloß uff Trapp.
Zeit für dich? Schmink dir des ab!
Langsam hat sich's scho rausgschällt:
Du hast uns zum Glück noch gfählt!

Mir machä oft kee Aach mehr zua,
die ganzi Noacht höm mer kee Ruah.
Manchmal könnst schier narrisch werdn,
immäzua tut's schrei und plärrn.
Da tut wos drück und da wos plach,
sou gäht des zua än ganzä Toach.
Är schreit, wenn än ä Pfürzlä quält:
Du hast uns zum Glück noch gfählt!

Denkt mer dann, sie wärn ausn Gröubstä raus,
dann stäht dir gleich die Schual ins Haus.
Stundälang hockst jetzt mit drou
und guckst mit rä die Aufgabä ou.
Obbä mästens höm die Kröpf
ner dumms Zeuch in ihrä Köpf.
Und du denkst dir ganz gäquält:
Du hast uns zum Glück noch gfählt!

Später werd des noch viel schlimmä,
die Liabä entdeckä se fast immä.
Nächtelang liachst wiedä wach
und hoffst, se tun keen Blödsinn mach.
An dei ärschti Liabä denkst du därbei
und schläfst bäruhicht schließlich ei.
Du träamst, wie du dich einst värmählt:
Du hast uns zum Glück noch gfählt!

Du hast uns zum Glück noch gfählt!
Ä Kind is fei äs Schöansti uff derä Wäld.
Mer höm des a beim Wort gleich gnummä:
Unnä Glück is jetzt vollkummä.
Unnä Kind war in dem Puzzle äs letzte Stück,
des uns gfählt hat noch zum Glück.
Ä Reichtum is äs, der wo mehr als alläs zählt:
Du hast uns zum Glück noch gfählt!

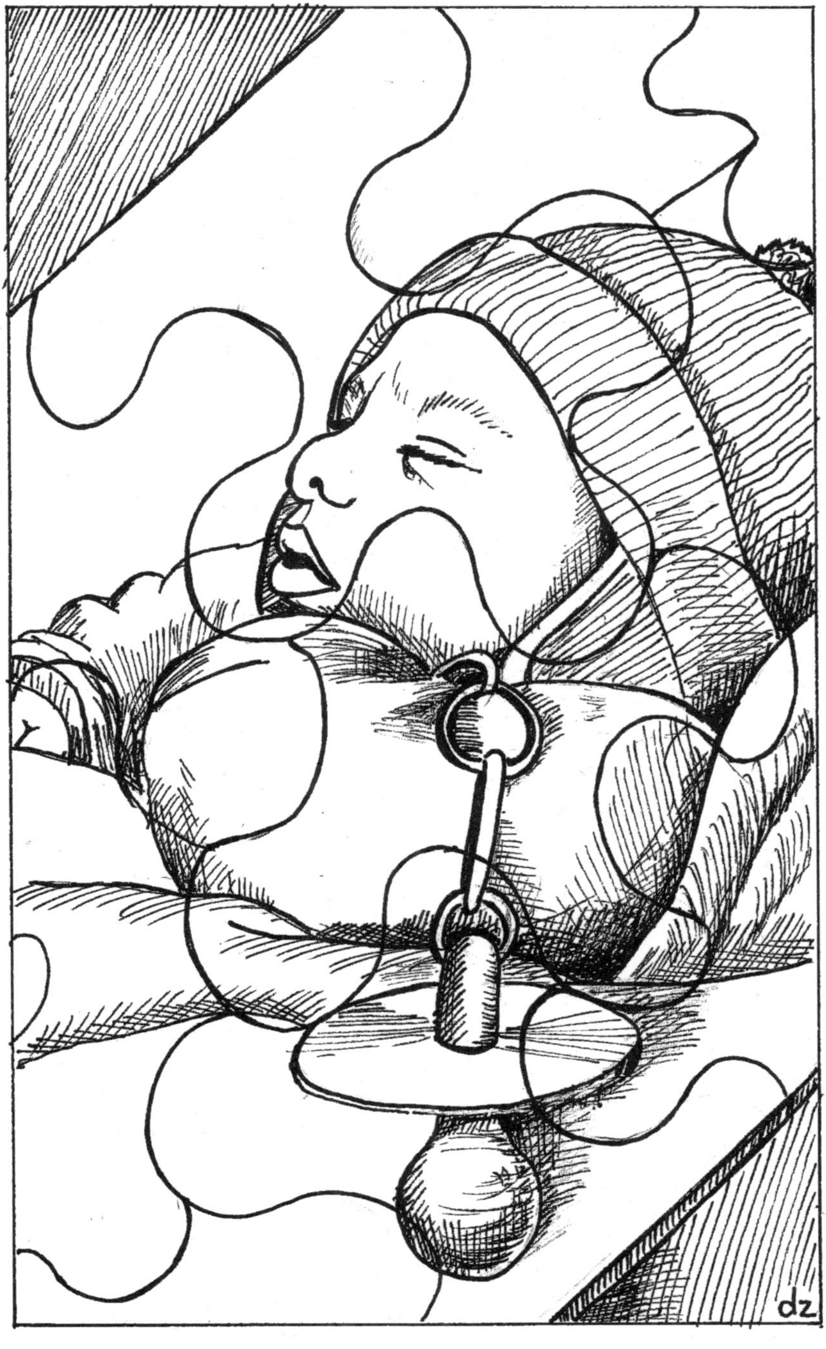
dz

Familienplanung

Der Hartl hat grod wos zum tua,
da froachtn uff eemal sei Bua
(der Seppä war'sch – des ist der Klee,
und der tut in die ärschti Klass grod gäh):

»Du, Papa, wenn äs halt möglich wär,
ich moichärt noch ä Schwesterlä.
Ä Brüderlä, des nähmät ich a,
ich will halt noch so ä kleenes Gschwisterlä.

Bis jetzt sind mer zu zwäat, ich und der Fritz,
des is zuwenich, ganz ohni Witz.« –
Der Hartl übälaicht: Uff wos will der naus?
Der fällt mir doch net eefach mit so was ins Haus!

»Wechä mir scho«, sou tuat är soach,
»doch mußt du da ärscht dei Mottä froach.
Obbä soach, warum willst du überhaupt des?
Willste werkli noch ämal wos Klees?« –

»Freilich«, saicht der Seppä und will schier scho flenn,
»freilich moich ich, daß mer drei Kinnä bald sen!« –
»Warum?« bohrt der Hartl noch weitä nach.
»Kannst du mir den Grund dafür soach?« –

»Wenn mer noch ä kleens Gschwisterlä hättä,
wär des ä Grund, daß mer viel Gäld sparn tätä!
Ab drei Kinnä müßtä mer nämli uff jedn Fall
für die Schulmilch nix bezahl!«

Kinnäwunsch

Äs is mal wiedä Mottätoach,
die zwäa Buabä tun ihr Sprüchli soach:
Sie tun der Mottä gratulier
und wünschä alles Guate ihr.

Sie läichä sich – mer kann's net leuch –
mit ihrä Gädichtli arch ins Zeuch.
Sie sen mit Elan und Schwung dabei:
»Mottä«, sou sochä se, »een Wunsch hast du frei!«

Die Mottä übälaicht net lang,
sie meent: »Een Wunsch hob ich scho lang!
Eens wär für mich a groaßi Fräad:
wenn ich zwäa bravi Kinnä hätt!«

Der Klee similiert ä weng, saicht dann: »OK!
Dei Wunsch soll in Erfüllung geh!
Zwäa bravi Kinnä wünschtst du dir? –
Na guat, dann sen mer ebä vier!«

Ähnlichkeiten

Ä Bua, sou zirka zeh Joahr alt,
tuat sich mit seim Vatä unnähalt:
»Neulich«, saicht der kleeni Bu,
»hat eenä gsacht, ich säh sou aus wie du!« –
Daß mer ä Ähnlichkeit zu ihm entdeckt,
hat im Vatä scho ä weng Stolz gäweckt.
Neugierich will der Vatä wiss,
wie des weitägangä is:
»Wos hast denn da gsoacht?« hat er sein Bua noch gfroacht,
und der hat vollä Ernst gleich gsoacht:
»Ich hob gor nix g'redt, da hat's nix gabä!
Ich hobn gleich ä poar richtichi Schallä gabä!«

Streiterei

Zwäa Buabä raffä uff der Straß.
Mer merkt a glei: Des is kee Spaß!
Sie tuä richtich hitzich kämpf,
und keenä läßt sich leicht besämpf.
Da kummt ä weng ä ältrer Härr,
der will die Streithammel belähr:
»Höart uff! Scho in der Bibel drin stäht gschriebä:
Du sollst a all dei Feinde liabä!«
Des tuat die zwäa net weitä stöar,
sie tuä scheints gor net druff höar.
Ins Schwitzkästlä nähmä sie sich noch nei;
und mit letztä Kraft saicht eenä von derä zwäa fei:
»Des betrifft uns net, weil mer kee Feinde sin,
weil ich von dem Kerl da nämli der Bruadä fei bin!«

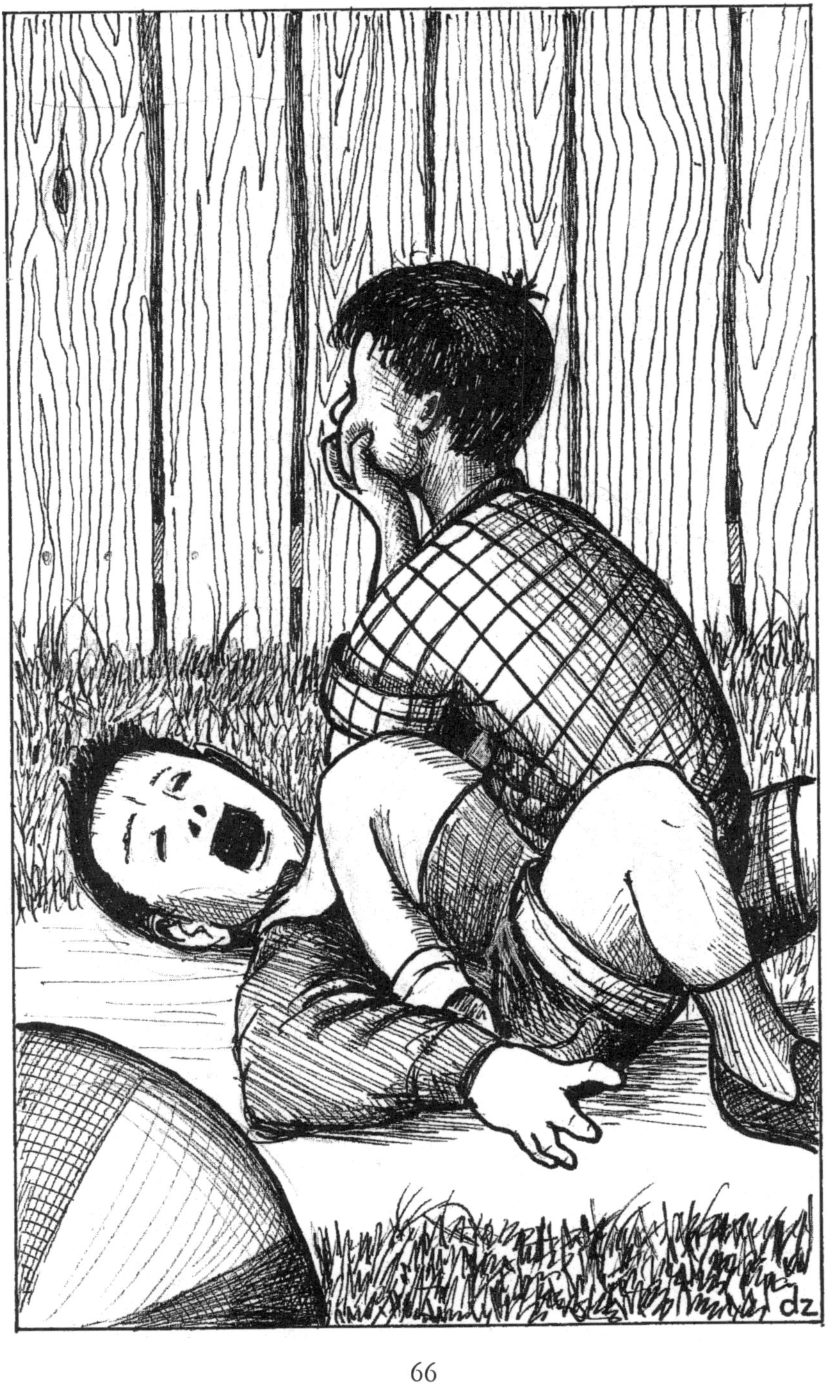
dz

Ä Ruah

Ä poar Kinnä spielä in ihrm Zimmä,
äs gäht ä weng laut zua, wie fast immä.
Die Mottä kummt zwäa-, dreimal nei:
»Macht doch net immä so ä Gschrei!
Streit net allszua mitänannä,
räumt liaba uff des Durchänannä.
Ich tu mir um euch Soarchä mach,
wenn dauernd zua is so ä Krach!
Gäbt jetzt werkli mal ä Ruah!«
Kehrtwendung, schwups – die Tür is zua!
Die Kinnä guck ganz betretä.
Da saicht des Fritzlä zu dem Petär:
»Jetzt mach mer, wos die Mottä will,
und bleibä mal ganz ruhich und still!
Mucksmäuslesstill sen mer für ä Wäil,
keenä tuat ä Wort värzähl!
Keen Ton, kee Gäräusch, keen Pieps, kee Lachä!
Was meenst, wos die sich draußä um uns Soarchä machä!«

Ärschte Liab

Von unnerm Nachber drunne der Klee,
der tut in die ärschti Klass grod gäh.
Er kann noch net las und a noch net rachä,
dafür kann er obbä scho anneri Sachä.

Er kummt grod von der Schual hämgerennt,
ä Mädlä aus seinä Klass hält er in seinerä Händ.
Sie tua a sou wie zwäa Alte
scho mitenannä Händli halte.

Und unner Nachber von gaichäübä
siächt des und denkt: Da muß ich gleich ämal nübä!
Den kleenä Bua hat er noch ougetroffä,
des Mädlä is scho hämgeloffä.

»Soach«, froacht er, »hast du kleener Fratz
am End jetzt gar scho a än Schatz?
Is des dei Gspussi wohl gäwäsä?
Lern liabä ärscht ämal äs Läsä!« –

Der Bua saicht druff – gläb mer'sch fei gwiß –,
daß des bestimmt sei Freundin is:
»Stell dich moarchä mittoch an dei Tor,
dann stell ich dir mei Schätzlä vor!« –

»Ich gläb dir des noch nit sou racht«,
meent dadruff ner der alti Knacht.
»Ich bin uff moarchä scho arch gespannt.
Wennst lüchä tätst, wär'sch allähand!«

Arm in Arm kummä sie am nächstä Toach.
Den Nachber värschlaicht's dabei fast die Sproach.
Der Klee saicht nämli: »Paß mal uff!
Dir gähä gleich dei Aachä uff!«

Sei Mädlä nimmt er nein Arm, des kleeni Börschlä,
und drückt an Schmatz ihr uff ihr Göschlä,
daß sie vor Fräad sou richtich gluckst,
und saicht zum Nachber: »Gall? Da guckst!«

Boadetoach

Jedn Samstoach war'sch souweit,
zum Boadä war's da höächsti Zeit.
Ghot hat mer salmals noch kee Baodezimmä,
gäboadä wurd in der Küchä immä.

Der Vatä traicht die groaßi Geldä in die Küchä nei,
und die Mottä schütt gleich häß Wassä da nei.
Salmals mußt mer a noch Wassä spoarn,
drum sen allä gleichzeitich gäboadä worn.

Äs Schorschlä, äs Fritzlä und äs Lieselä a
stähnä zusammä nackert vor der Wannä da.
Sie warn a gar net arch schinant –
anerscht höm se's halt a net gekannt.

Die Mottä hockt die drei nei die Wannä
und hat mitm Fritzlä äs Waschä ougfangä.
Sie denkt: Die muß ich ausänanner setz, die Börschlä,
drum kummt ans annere End des Schörschlä.

Die Lies, meent die Mottä, kummt mittenei,
dann mache die mir kee so ä Sauerei.
»Bleibt schöa brav sitzä, sou ist äs racht,
damit ärscht mal der Draack uffwächt!«

Der Schorsch, äs Fritzlä und die Lies, des kann mer soach,
hockä garä drin in der Wannä am Boadetoach.
Die Mottä gäht mal naus, sie muß draußä noch wos tua
und saicht zu dene drei: »Seid brav, gebt fei ä Ruah!«

Ärscht is a still, doch uff eemal is ä Schreierei.
Da stürzt die Mottä gleich in die Küchä nei.
Die Klee, die zwischä denä aneri sitzt,
plärrt: »Die höm mich naßgespritzt!«

Die Mottä saicht: »Du olberi Gluck!
Stell dich net sou ou, spritz eefach zuruck!« –
Da jammert die Lies in ihrem Läad ner:
»Des gäht doch net! Ich bin ä Mädlä!«

Lovestory

In der Schual drin lärnt mer heutzutoach
ärscht ämal sei Mottärsproach.
Doch bevor die Kerl des richtich könnä,
mössä sie scho Englisch lärnä.
Dem Seppär aus der dritti Klass
mecht des Englischlärnä Spaß.
»How do you do, my little sister?« –
des lärnt mer zuärscht … na ja, des wißt är!
Kaum, daß der Sepp zehä Wörtä kann,
scho fengt är äs Englischräidä an:
»I speak Englisch very well!
Ä bißlä bröckäläs, but not sou schnell!«
Wer jetzt noch deutsch redt bei de Kinnä,
der gilt scho als ä altä Spinnä.
Englisch is a net sou schwär,
mer kennt des ja vom Radio här,
weil mer da scho nix mehr annersch höart,
wos heutzutoach scho keen mehr stöart.
Der Sepp kapiert des a sofort
und lärnt vom Radio manches Wort.
Är tut zwar noch net jeds värstäh,
doch Englisch is äs, und des is schöa.
Mit der Nachbersch Gretel spielt är uff der Straß;
sie räidä englisch, des mecht Spaß.
»How are you, and what is your name?
Do you spiel with me ä game?
Värstähst du, what i say to you?
Höarst du mir sometimes a mal zua?«
Sou räidä se scho ä Wäil mitenannä
und rutschä langsam zuännannä
wie in der schöanste Liabäsgschicht,
die mer halt als im Fernseh siacht.
Sie guckä sich in die Aachä, da saicht die klee Misses:
»My dear Sepper, give me some kisses!« –
Mer höart, wie är ihr ä Schmätzlä gibt,
und wie är saicht druff ganz värliabt:
»I love you und you love me!
Laff mer zsamm! Wo laff mer denn hi?«

Mottätoach

Än Kalannä nach – laß dir des soach –
is ee Toach im Jahr ner Mottätoach.
Doch ich gläb, äs is net übätriebä:
In eenärä Wuch sen des scho siebä!
Hoachgrachät uff des ganzi Jahr
sen äs 365 Toach sogar.

Der ee Toach im Jahr werd dir värschöant,
du wärst vo allrä racht värwöhnt.
Du krechst än groaßä Blumästrauß
und schläfst sogar ä bißlä aus.
Dei Kinnä tun noch zu dir soach:
»Du sollst wos hab vom Mottätoach!

Du brauchst net in der Küch drin stäh!«
Zum Mittochassä tut mer gäh.
Und a än Kuchä höm se dir gekäfft.
Äs Salbämachä mecht halt Gschäft!
Dein Kaffee mußt du dir scho salbä koch!
»Mama«, häßt's da, »wie gäht des noch?«

Und schließlich dann zum Abendassä
höm sie alli außer dir värgassä,
daß du keen Handsträach machä solltest,
wos du eichentlich a gar net wolltest.
Obbä weil sie scheints am Värhungärn sin,
stähst du zum Broatrichtä wiedä in der Küchä drin.

Später dann is Zeit fürs Bett,
da saicht dei Mou zu dir sou nett:
»Du liabi Zeit, war des ä Toach!
Unnä Kinnä sen scho als ä Ploach!«
Är schläft im Sofa ei derbei,
dei Kerl brengst du ins Bett halt nei.

Als schließlich dann ä Ruah eigkehrt,
fragst du dich: Is der Toach des wert,
daß mer jedesmal so ä Gschiß draus macht?
Wär'sch net bessä, wenn mer eefach soacht
immä wiedä mal im Jahr:
Mottä, du bist wundäbar!

Doch undankbar willst du net sei,
dei eicheni Kindheit fällt dir ei.
A du wolltst mit dem Muttätoach
ehrlichen Herzens eemal Dankschöa soach.
Mit dem Dankschön sollt dei Mottä wiss,
daß sie dir gor net gleichgültich is!

Mer müßt net nur am Mottätoach
der Mottä als mal Värgält's Gott soach.
Mottätoach is nur der Tropfä uffn häßä Stee,
doch könnä alli Möttä säh:
Ihr werd gäliabt, macht euch des klar,
an 365 Toach im Jahr!

für meine Mama
dz

Mottätoachswunsch

Äs war mal kurz vor Mottätoach,
da tuat die Mottä zu ihrem Töchterlä soach:
»Schmeiß dei Gäld fei net zum Fanstä naus;
gäb für mich fei nix zum Mottätoach aus.
Ich hätt een Wunsch, und den sollst wiss,
der wo für dich a gor net teuä is.
Der groaßi Wunsch, denn ich grod hätt:
Werd ä bravs Mädlä und sei liab und nett!« –
Des hat des Luderlä net weitä bärüahrt;
sie saicht nämlich ganz ungärüahrt:
»Zu spät! An so was brauchste gor net denk!
Ich hob für dich doch scho ä Gschenk!«

Nachschubprobleme

Des Schörschlä war seit än halbä Joahr
a mit bei der Ministrantäschar.
Sein Dienst – da kann mer gor nix soach –
ärfüllt är fleißich ohne Kloach.

Andächtich war är und a still,
sou wie's halt der Pfarrä will.
Doch eemal drückt är sich värlachä rum,
da fröacht der Pfarrä gleich: »Warum?

Ja, Schörschlä, soach, wos hast denn, Bua?
Dich placht doch wos! Wo drückt der Schuah?« –
Der Bua krecht gleich än roatä Koupf,
dann laicht är los, der armi Troupf:

»Ich tu sou fleißich ministrier,
ich bin bei jedä Mess fast schier,
drum will ich wos Besondersch – wos, is mer gleich:
ob a Taaf, ob ä Hoachzich oddä a, ob ä Leich.« –

»Ä Hoachzich is keeni, alli Kärl sen gätäaft,
der Weißä Sunntoach is rum, äs is ruhich unsä Gschäft.«
Sou meent der Pfarrä mit äm Lächeln im Gsicht.
» … und a ä Beerdichung is net grod in Sicht.«

Des Schörschlä war sou von seim Vorhabä bäflüchelt
und hat sei Göschlä gor nix mer gäzüchelt:
»Na guat, Herr Hochwürden, wie wär'sch mit rä Leich?
Wenn i ministrier dörf, besorch ich des gleich!«

Von alti Leut und ihrä ewig jungi Gschichtli

Engel

Äs gibt Engel,
die tuste net gleich ärkenn,
die tuä a net mit Flügel rumrenn,
die erscheinä net am Himmel, ganz häll und ganz klar,
und du ärkennst hinnänach ärscht,
daß ä Engel des war.

Äs gibt Engel,
die tua scho lang mit dir läb,
die tua dir sälbstlos im Labä viel gäb,
die sen eefach da für dich äs ganzi Jahr,
obbä oft merkst du gor net richtich,
daß ä Engel des war.

Äs gibt Engel,
die tuste labtoachlang net säh,
die sen obbä trotzdem bei dir in der Näh,
die höbä dich ghaltä, wenn's schwär für dich war,
und du hast irgendwie gspürt,
daß ä Engel des war.

Äs gibt Engel,
die höm dich uff dein Waach stets bägleit,
die warn für dich da a in schwierichä Zeit,
die tua dir dei Ziel und dei Richtung offäbar,
und dei Schritt werdä sichrä, weilst spürst,
daß ä Engel des war.

Äs gibt Engel,
die hat dir der Härrgott gäzaicht,
die höba ihr Ziel im Labä scho vor uns ärreicht,
die sen heut scho än Schritt weitä wie mir,
und doch spürst du mehr als jemals vorher:
So ä Engel is hier!

dz

Äs Nußbäamlä

Mei altä Nachber hat mir als kleener Kerl
a Nüßbäamle zuagschanzt.
Ich hob mich arch dadrüber gfreut
und gleich des Bäamlä eigepflanzt.

Im ärschtä Joahr hat's schöa geblüat,
doch Nüss warn kenni drou.
Ich war da scho ä weng enttäuscht. –
Gäduld, Gäduld, saicht ner der alti Mou.

Im Summä druff wär der Bäam schier verdorrt.
Ich soach: Ich reiß än raus.
Da saicht der alti Mou zu mir:
Gäduld, Gäduld, halt noch ä bißlä aus!

Die Joahr sen übers Land gezouchä,
der alti Mou ist gstorbn.
Der Bäam hat kee enzichi Nuß getrochä
und is fast värgässä worn.

Zehä Jahr hat's schier gedauärt,
bis ich die ärschti Nüss hob geärnt.
Da hob ich an den altä Mou gedacht:
Gäduld hat er mir glearnt.

Im Labä braucht a jeds sei Zeit
zum Wachsä und zum Reifä.
Der Alti und sei Nüßbäamlä
halfä mir, des zu begreifä.

Lebensabend

Wir bittä euch mal um Gehöar,
wir Altä wöllä euch net stöar.
Wir stellä a gor kee Ousprüch mehr,
und ner noch eens, des wöllä mer:
Reißt uns altä Bäam net aus,
laßt uns unner alts Zuhaus.
Habt mit uns ä weng Gäduld!
Wos höm mir denn für ä Schuld,
daß nix mehr sou gähd, wie mer des wölla?
Mer müssä dem Altä Tribut halt zöllä.
Mer wöllä euch kee Last mehr sei,
doch mer wöllä bei euch blei.

Denkt, bitt schöa, ämal dadrou jetzt a::
Warn mer net immä für euch da?
Höm mer uns net ä Labä lang für euch gequält
und alläs Kreuz mit euch gätäilt?
Mer erwarde von euch kee Dankbarkeit,
ner ab und zu ä bißlä Zeit.
Vergäßt uns net, sen mer a alt!
Denkt immä drou: Ihr seid's a bald!
Schiabt uns net ab neis Altärsheim –
mer stärbä liabä doch därhäm.
Äs Stärbä is als net sou schwär
wie irgendwo värgässä wär.

Herzerweiterung

Ä älträ Franziskaner,
im Herzä drin noch jung,
hat mal gsoacht, är stärbät am liabstä
an ärä Herzerweiterung.

Herzkranzverengung, Herzinfarkt,
des is eem ja geläufig!
Doch wos is Herzerweiterung?
Des höart mer net sou häufig.

Herzerweiterung – wos soll des sei?
Kannst du uns des ärklär?
Der Franziskanerpater lacht verschmitzt:
Des is doch gor net schwär!

Ich moich ä Herz, sou groaß, wie's gäht!
Da söllt viel Platz drin sei,
damit jedä mit allem, wos än placht,
in mei Herz könnt immä nei.

Mei Herz kann gor net weit gnuach sei
für die, die mir am Herzä liachä!
Wer än Platz bei eem im Herzä find,
kann manches Leid besiachä!

Ich denk, so ä Herzerweiterung
bereit mir a keen Schmerz.
Ich hätt ehä noch viel mehr Angst
vor än värschlossänä Herz!

Drum müßt mei Herz a richtich weit
für jedn offä sei!
An Herzerweiterung zu stärbä
müßt ä schöanä Toad wohl sei!

So ä Herzerweiterung is a kee Krankät!
Des kann uns ganz viel gäb!
Sou wie der Pater stärb will,
sou müßtä mer ärscht ämal läb!

Du Benklä im Wald

Du Benklä im Wald,
du könnäst viel ärzähl,
von der Leut und von ihrm Labä.
Du tust mit rä manchs Schicksal täil,
du hast der Leut scho arch viel gabä.

Du Benklä im Wald,
wie oft warst du
ä Plätzlä zum Värschnaufä?
Du schenkst der Menschä Rast und Ruah
und neui Kraft zum Laufä.

Du Benklä im Wald,
wie oft warn alti Leut
dankbar uff dir als gsassä
und höm vor lautä Labäsfräad
ihr Altä schier värgassä?

Du Benklä im Wald,
wieviel Kummä, wieviel Läad
hast du sou oft ärfoahrä
von Leut, die net gwißt höm, wie äs weitägäht,
weil sie sou värzweifelt als warä?

Du Benklä im Wald,
du kennst obbä a die schöani Zeit
von Värliabti, die uff dir sitzä
und die vor lautä Glück und Selichkeit
ihr Liab in ä Baamrindä schnitzä.

Du Benklä im Wald,
schöa wär's, wenn du ärzählä könnst
von Liabä, Leid und Labä.
Obbä ällee, weil du uns Menschä Ruah als gönnst,
hast du uns viel Schöans scho oft gabä.

Zwäa Händ

Ä groaßi und ä kleeni Hand,
die tuä ganz värliabt.
Da saicht dankbar die klee zur groaß:
»Äs is schöa, daß äs dich gibt.« –

»Du, groaßi Hand, ich brauch dich fei,
bei dir bin ich gäborchä.
Wenn du mich zärtlich streichl tuast,
värschwindä gleich mei Sorchä.

Ich spür dei Hand, wenn ich uffwach,
und wenn ich Hungä hab.
Du kannst mir mehr als Nahrung sei;
mei Ängst nimmst du mir ab.

Du hilfst, wenn ich die Wäld entdeck
und nach wos Neuem greif.
Du stützt mich und bist mir ä Halt,
wenn mei ärschti Schritt tun reif.

Du, groaßi Hand, äs is sou schöa,
wenn ich dei Näh als spür.
Ich bitt dich, halt mich jetzt ganz fest
und tu mich sichä führ.«

Ä groaßi und ä kleeni Hand,
die tuä ganz värliabt.
Da saicht dankbar die groaß zur klee:
»Schöa is a, daß äs *dich* gibt.

Du, kleeni Hand, ich brauch dich fei,
von dir bin ich ärgriffä.
Wos äs werkli häßt zu labä,
hab ich ärscht durch dich begriffä.

Ich spür, ich därf wos tu für dich.
Mer spialä und mer lachä.
Mit jedm Handgriff wachs mer zsamm,
den mer füränannä machä.

Du führst mich in ä anneri Wäld,
befreist mich von schweri Schrankä.
Die Wärm von dir durchdringt mei Herz,
wenn mer zsamm än Härrgott dankä.

Du, kleeni Hand, äs is a schöa,
wenn ich dei Näh a spür.
Ich bitt dich, lang mer her dei Hand,
ich will dich zart berühr.«

Ä groaßi und ä kleeni Hand
sen fest in Liab värbundä.
Schöa is äs, tun die zwäa sich soach,
daß sich Hand in Hand höbä gfundä.

Draußä am Benklä

Draußä am Benklä, da hockä die Altä
und tua garä ä Schwätzlä als haltä.
Sie traffä sich schier jedn Toach
und tua sich äs Neuästi soach.

Draußä am Benklä, da sen sie net sou ällee,
sie sen da beiänannä und tun sich värsteh.
Därhäm sen sie der Jungi oft im Waach;
sie gläbä fast, sie wärä für die schier ä Ploach.

Draußä am Benklä, da höm sie Zeit fürenannä und ä weng Ruah,
und sie guckä derä narrische Autofahrä zua.
Sie värstähä net, daß die sou rasä
und sich für nix mehr Zeit lassä.

Draußä am Benklä vorm Kerchhouf dort, werd viel ärzählt,
an die a gädacht, die des Labä mit ärä höm gätäilt.
Des Benklä tut gleich am Kerchhouftürlä stäh,
drum sen sie immä in der Gstorbeni ihrä Näh.

Draußä am Benklä denkä die Alti nach übärs Labä,
des ihnä viel gnummä hat und a viel gabä.
Des Labä is halt oft ä Läad,
doch mehr noch is äs a ä Fräad.

Draußä am Benklä sitzä sie öftersch, die Alte,
und tua dort ihr Schwätzlä haltä.
Garä tua sie an früahä denk:
Äs Labä is halt doch ä Gschenk!

Erfüllte Jahre

Der Zeichä bleibt net stähä
uff unnerä Labänsuhr,
mit seim beständigen Herzschloach
hetzt är uns: Zua! Mach! Komm, zua!

Wenn mer uns eifang lassä
vom Tickn unnerä Uhr,
dann füll mer unnä Labä
mit Toach und Jahre nur.

Besser wär'sch, wenn mer all sei Jahr
mit Labä ausfüll tät.
Für den, der *morchä* läb will,
kummt 's Labä oft zu spät.

Grod jetzt in der Sekundä
fengt der Rest vom Labä ou!
Wer denkt da in der Alltagshetz
werklich mal ernsthaft drou?

Äs Labä kann sou herrlich sei,
mer kann sou viel entdeck!
In allem, wos uns grod umgibt,
tut sou viel Schöans drin steck.

Ä Kind, des wo dich ouguckt
und mit seinä Aachä lacht,
ä Mensch an deinerä Seitä,
der än schwerä Schritt als mit dir macht.

Blumä, die dir blühä,
ä weng Gemütlichkeit,
ä Plätzlä, wo dich ausruh kannst,
ä Mensch mit ganz viel Zeit.

Uff solchi kleeni Sachä
mußt im Labä gut uffpass.
Du mußt dir dei Jahr und Toache
von oubä schenkä lass.

Gott hält dei Labä in der Hand,
är stellt für dich die Uhr.
Vor ihm zählä net dei Labänsjahr,
da zählt der Inhalt nur.

Ä Gschenk ist unnä Labä,
von Gottes Liab bestimmt.
Der Mensch soll dankbar ounähm,
wos Gott gibt, und wos är nimmt.

Lebensfragen

Wenn nach ärä dunkli Nacht
die Sunn am Horizont ärwacht,
dann tua dich salbä ämal froach
und tu dir a gleich die Antwort soach:
Was kann der Toach mir alläs bring?
Kann mir heut *Labä* wohl geling?

Wenn die Sunn dann hoach am Himmel stäht
und alles sein gewohntä Gang nachgäht,
dann tua dich salbä ämal froach
und tu dir a gleich die Antwort soach:
Kann des, wos d' hast, äs richtige *Labä* sei?
Spielt, um zu *labä,* net a noch was annärsch mit nei?

Wenn die Sunn taucht ei in des Dunkel der Nacht,
und äs Toachwerk ist wiedä ämal vollbracht,
dann tua dich salbä ämal froach
und tu dir a gleich die Antwort soach:
Was hat mir der Toach heut alläs gabä?
Hob ich's heut werkli gschafft zu *labä?*

Versehen

Dem Hubersch Sepp sei Käthl
spürt, daß zu End jetzt gäht,
und daß der alti Sansämou
scho vor der Haustüar stäht.

Die Käthl kann zurückblick
uff fünfäachtzich Joahr,
in denä sie rächtschaffä
und gottesfürchtich war.

Sie schickt gleich nach än Pfarrä,
damit är sie värsiaht,
sou daß sie in Gottes Friedä
in die Ewichkeit eiziaht.

Der Pfarrä is värhinnärt,
drum schickt är sein Kaplan,
damit der jungi Seelsoarchä
a so was lärnä kann.

Die Käthl is ä weng värdutzt,
sie kennt 'n ja net, den jungä Mou,
doch saicht sie: »In Gottes Namä,
gäh zua, jetzt pack mer'sch ou!«

Der Herr Kaplan war arch närvös
und a ä weng värlaachä,
doch mit der Käthl ihrä Hilf
hat är sie racht värsaachä.

Ä poor Toach später führt sei Waach
an der Käthl ihrm Haus vorbei.
Är guckt, als sie am Fanstä stäht,
und gäht dann zu ärä nei.

»Herr Kaplan«, saicht s', »wenn S' ärlaubä,
ee Froach hob ich fei doch:
Höm sie vielleicht wos falsch gmacht?
Ich lab ja imma noch!«

Von Liabä und Leid und von der värflixten Leidenschaft

Ich moich dich

Mei Mädlä, ich moich dich,
ich hob dich sou garä,
ich bleib immä bei dir,
ich gäb dich net harä.

Mei Mädlä, du gfällst mir,
ich hob dich sou liab,
ich troach mit dir alläs,
ob's schöa ist oddä trüab.

Mei Mädlä, ich liab dich,
mir zwäa bleibä beinannä,
unnä Liab zaicht uns immä:
Mer sen da fürenannä.

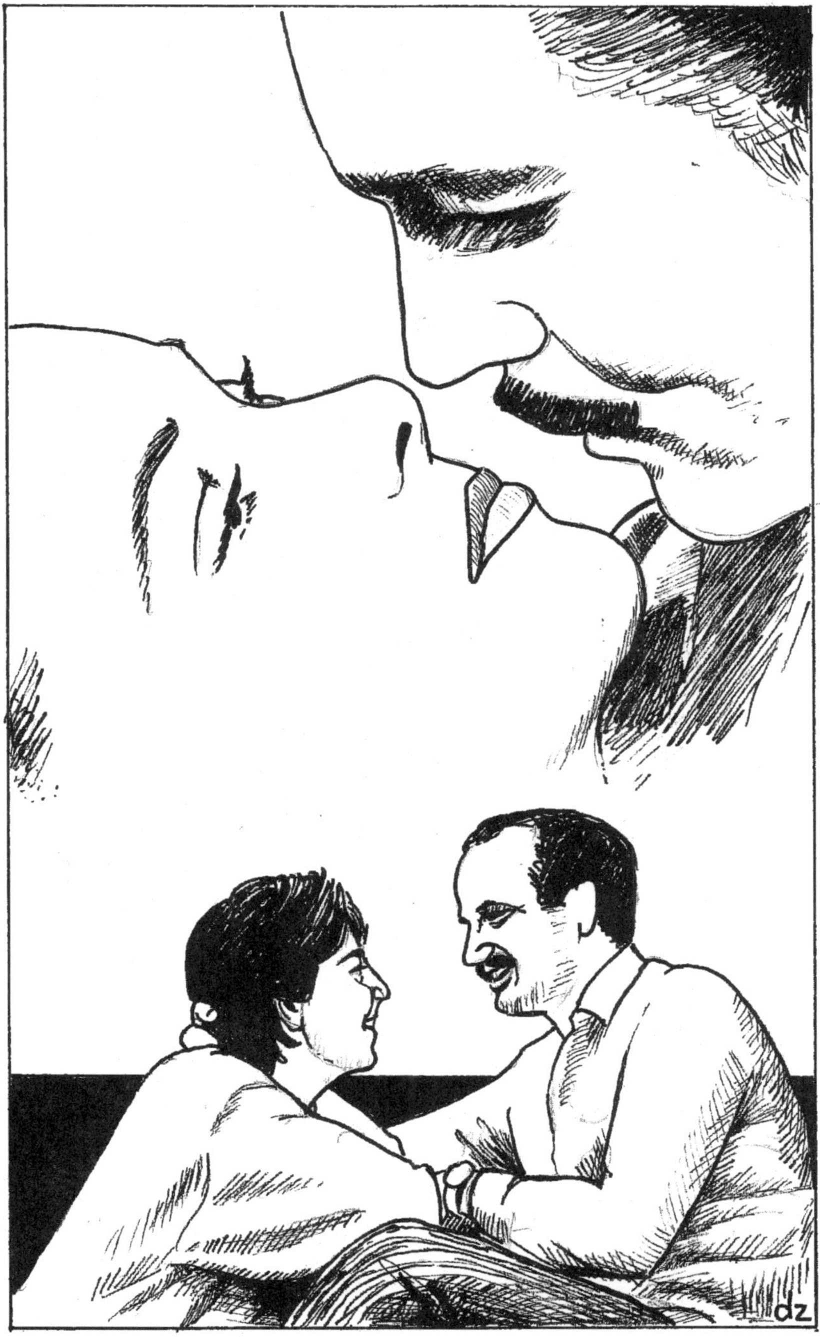

Äs ist schön, daß es dich und mich gibt

Äs ist schöa, daß äs dich und mich gibt,
und daß wir zwäa uns gfundä habä.
Äs ist schöa, wenn mer merkt, daß mer sich liabt,
denn Liabä und Glück sind Gottes Gabä.

Äs ist schöa, daß äs dich und mich gibt,
und daß mer öftersch anänannä denkä.
Äs ist schöa, wenn mer merkt, daß mer sich liabt,
denn mit der Liabä kann mer sich a reich beschenkä.

Äs ist schöa, daß äs dich und mich gibt
und unnä gemeinsame Zeit.
Äs ist schöa, wenn mer merkt, daß mer sich liabt,
denn mit der Kraft der Liabä brengt mer'sch weit.

Äs ist schöa, daß äs dich und mich gibt
und a alli Freund, die wou mer kennä.
Äs ist schöa, wenn mer merkt, daß mer sich liabt,
obbä unnä Liabä derf uns net von unnärä Freunde trennä.

Äs ist schöa, daß äs dich und mich gibt
und unnärn Waach hin – und mit dem annärn.
Äs ist schöa, wenn mer merkt, daß mer sich liabt,
mit unnärä Liabä könnä mer leichtä durchs Labä wandern.

Äs ist schöa, daß äs dich und mich gibt,
mer wollä dafür dankbar sei.
Äs ist schöa, wenn mer merkt, daß mer sich liabt,
denn dann nimmt uns Gott in sei unendliche Liabä mit nei.

Ich moich dich immä noch

Mei Mädlä, ich moich dich – sou hob ich mal gschriebä.
Zum Glück is des immä bis heut sou gäbliebä.
Ich muß sogar soach, ich bin mer a gwiß,
daß äs zwischä uns zwäa ner noch schöanä worn is.

Mei Mädlä, ich moich dich – des gilt allszua noch für mich.
Daß mer uns gätroffä höm, is ä Glück sichälich.
Mer tua nemmä ner turtel und im siebtä Himmäl drin schweb,
doch dürfä mer die Liab jetzt viel tiefä ärläb.

Mei Mädlä, ich moich dich, des will ich in Zukunft a immä noch soach;
egal, wos passiert, ich will dich halt und dich troach.
Ä schöans Gfühl is des scho, des wo ich da spüar –
und des kann wohl ner eens sei: mei Liabä zu dir!

Januar
Mo Di Mi Do Fr Sa
1 2
4 5 6 7 8 9 10
11 12 13 14 15 16 17
18 19 20 21 22 23 24
25 26 27 28 29 30 31
April
Mo Di Mi Do
1
5 6 7 8
12 13 14 15
19 20 21 22
27 28 29
Mai
Mo Di Mi Do Fr Sa So
1 2
3 4 5 6 7 8 9
10 11 12 13 14 15 16
17 18 19 20 21 22 23
24 25 26 27 28 29 30
31
Mo Di Mi
1 2 3
7 8 9 10 11
14 15 16 17 18 19
21 22 23 24 25 26
28 29 30
September
Mo Di Mi Do Fr Sa So
1 2 3 4 5
6 7 8 9 10 11 12
13 14 15 16 17 18 19
20 21 22 23 24 25 26
27 28 29 30
Oktober
Mo Di Mi Do Fr Sa So
1 2 3
4 5 6 7 8 9 10
11 12 13 14 15 16 17
18 19 20 21 22 23 24
25 26 27 28 29 30 31
Mo Di
1 2
8 9 10
15 16 17
22 23 24 25
29 30
dz

Des Ringlä ou meim Fingä

Des Ringlä ou meim Fingä,
an dem, da dräb ich oft,
wenn ich sou zwischädurch ämal
an dich denk unverhofft.

Des Ringlä ou meim Fingä,
des gäb ich nimmä här.
Als Zeichä unnerä Liabä
halt ich des hoach in Ehr.

Des Ringlä ou meim Fingä
glänzt nix mer richti neu.
Kriacht's a ab und zua än Kratzä,
ich bleib dir trotzdem treu.

Des Ringlä ou meim Fingä
ärmahnt mich jedän Toach:
Ich soll wenigstäns eemal täglich
»Ich liebe dich!« zua dir soach.

Des Ringlä ou meim Fingä
is ohne Oufang, ohne End.
Mir is als beim Betrachtä,
als hätt ich dich immä gekennt.

Des Ringlä ou meim Fingä
höm mer uns zum Jawort gabä.
Sou lang wie dich will ich des troach,
nämlich mei ganzes Labä.

Ernste Symptome

Mit mir muß wos net stimmä,
denn ich spüar in mir drin,
daß ich a im värflixtä siebtä Ehejahr
in dich värliabt noch bin.

Ich meen, ich brauch än Doktor,
der wo mich mal kuriert,
weil mich nach derä langi Zeit
keeni außä dir interessiert.
Daß ich ner dich ällee liab,
des ist doch net normal;
mer liest doch von Seitäsprüng und Ehebruch
jedn Toach in groaßä Zahl.

Zum Psychiatä sollät ich mal gäh,
daß är mir ä Mittälä gibt.
Ich wäß gor net, wos mer da mächä kann:
Ich bin noch in dich värliäbt!
Des muß ä schlimmi Krankät sei,
die mich im Herzä quält,
weil von allerä Frauä uff der Wäld
keeni sou wie du für mich zählt.

Ich hob dich a noch zum Frassä gärn,
ja, Mensch, um Gottes willä!
Kann mer da net mal eener helf
mit Tropfä oddä Pillä?!
Värliäbt bin ich in dich noch heut,
sou wie am ärschtä Toach.
Hoffentli is des net ousteckend!
Des muß ich mein Doktor mal soach.

Die Liab muß scho wos Seltsams sei,
ich fühl mich a net krank:
Ich bin froah, daß ich davou befallä bin:
Ich liab dich! Gott sei Dank!

Draack

Jedäm Stäublä in unnärm Haushalt
bist du gleich hinnäher.
Den Draack als mal a Draack sei lass
fällt dir unheimlich schwär.

Als is äs schad, daß du jedn Draackhäuflä
mit än Basä gleich nachrennst,
und daß du vor lautä Ärbät gar
dich salbä schier net kennst.

Freilich is schöa, wenn's uffg'räamt is –
des soach ich werkli aa.
Viel liabä wie ä uffg'räamts Haus
hätt ich als ä uffg'räamti Fraa.

Eens obbä gfällt mir doch ganz arch
bei deinerä Putzerei:
Söllät's mir a eemal draackig gäh,
dann merkst du des sichä a glei!

Liebeshunger

Früah breng ich kenn Bissä nunnä.
Des nimmt mer obbä gor kee Wunnä:
Wenn ich dich säh – du därfst mer'sch gläb –,
könnt ich von Luft und Liabä läb.

Mittogs kann ich a net ass,
ich kann dich eefach net värgass.
Denn mei Sehnsucht hi zu dir
is gröaßä als mei Aßlust schier.

Abends schmeckt mir a kee Bissä,
und die Stimm von meim Gewissä
flüstärt mir ganz hämlich zu:
Du, mei Schätzlä, du, ner du!

Noachts liach ich in meinärä Bettstatt drin
und kann net in meim Schlaf neifin.
Net meinärä Liab is des entsprungä –
nä, mei Moachä knurrt! Jetzt hob ich Hungä!

Värliabt

Äs värflixte siebti Jahr höm mer übästannä.
Uff eemal, da hat's ougefangä –
ich hätt net gädacht, daß äs des gibt:
Ich hob mich richtich toll värliabt.

Ärscht denk ich noch: Des därf net sei!
Wie paßt des in mei Ehe nei?
Wo kummt denn des uff eemal her?
Obbä gaichä Liabä kann mer sich net wehr!

Ich hob mich värliabt, ich armä Tropf,
mei Herz, des tuat wie wild fast klopf.
Ich meen, ich könnt die ganzi Wäld umarm,
mir werd's im Herz sou richtich warm.

Ich froach mich vollä Angst und Bang,
wie ich des wohl värhämlichä kann.
Ich bin mit mir salbä übäzwerch:
Liabä und Hustä ... lassa sich net verberch.

Ee Froach läßt mir da a kee Ruah:
Wos saicht denn da mei Fraa dazua?
Wie breng ich derä des wohl bei
mit der värflixtän Liabelei?

Eines Toachs – des is mir klar –
tut sie äs schließlich doch ärfahr.
Sie merkt nämlich, wos mit mir los is,
weil mei Värliabtsei halt sou groaß is.

Fraa, ich muß dir jetzt mal wos ärzähl,
des tuat mich sunst im Herz drin quäl:
Ich gläb, ich hob mei Herz värloarä!
Ich bin värliäbt bis übä beidi Ohrä!

Ganz fest tu ich se in mein Arm nei drück
und erzähl ihr von meim groaßä Glück:
Ich bin värliabt, soach ich, ich gestäh's ja a –
ner in dich ganz ällee, mei Fraa!

Liebeskummer

Mei Schätzelä, ich denk an dich,
ich will mir die Zeit värtreib,
drum setz ich mich jetzt a mal hi
und tu unnä Liab beschreib.

Daß mir zwäa uns sou liabä,
des kann mer ruhich schreib.
Äs brennt schier sou wie Fiebä,
drum will ich bei dir bleib.

Uffn Papier des festzuhaltä,
des kann sou schwer net sei,
da kann ich mich entfaltä,
da fällt mir leicht wos ei.

Des dauert ärscht ämal ä Wäil,
ich muß ärscht similier,
daß du a merkst mit jedä Zäil
mei groaße Liab zu dir.

Momentlä noch, gleich fang ich ou,
unnä Liab ämal zu preisä,
denn des is halt ämal ä sou,
äs braucht Zeit, des zu beweisä.

Ja, gibt's des a, kann des denn sei?
Ich wäß genau, ich liab dich.
Zum Schreibä fällt mer bloß nix ei,
des is scho arg betrüblich.

Die Sätz, die gähn mer net nein Sinn.
Ich denk, des gibt's doch nit!
Grod a noch, weil ich sichä bin,
daß des die Liabä it.

Wos soll ich mach, was soll ich tua?
Ich hob doch schreibä wollä!
Die Worte fahlä mer dazua;
äs hat net seinä sollä.

Gädacht hob ich, äs wär ganz leicht,
die Liab mal zu beschreibä,
doch hob ich des heut net ärreicht,
drum laß ich's liabä bleibä.

Mir fällt nix ei! Des tut mich freu!
Äs is a kee Pläsier.
Mit jedä Zäil merk ich ja neu:
Unbeschreiblich is mei Liab zu dir!

Liabesschwüre

Mei Liab zu dir, die füllt ä Buach,
zu schreibä gibt's da mehr als gnuach.
Am liabstä gingät ich gleich dran
und schreibät dir än Liebesroman.

Da hat sich mei innerä Stimm gärecht:
Freund, hast dir des a übälecht?
Tust mit den Worten du net übätreib?
Streich! Tu ner äs Wichtigste schreib!

Na guat, denk ich, äs is scho rächt,
ä Liabesgädicht is a net schlecht.
Drum tu ich reim und Versli schmied
und mach für dich ä Liabeslied.

Wiedä meldt sich ä Stimm in mir:
Gäh zua und spar dir des Papier!
Ou den Kern der Liabä sollst du denk!
Streich! Tu dich uffs Wesentlichi beschränk!

Wahr is scho, denk ich nach rä Wäil,
drum schreib ich a ner noch ee Zäil.
Und trotzdem is mer'sch, gläb ich, guat gäglückt,
daß ich mei Liab hob ausgädrückt.

Drei Worte bleibä übrich ner,
und die, mei Schatz, die schreib ich der.
Von Herzä kümmt des sichälich –
kurz und knapp: Ich liabä dich!

Liebeslied

Ä Liabeslied will ich dir schreib,
eefach ner sou zum Zeitvertreib.
Ä Notäblatt tut vor mir liach.
Des Liad soll häß: Ich liab ner dich!

Ä schöans Liad will ich komponier,
ich tu mit Notä hin- und herjonglier.
Mir fählt äs Musikalische, drum haut des net hie,
doch merk ich uff eemal: Die Liab is wie ä Melodie.

Des Notäblatt hob ich mir betracht
und übbä die Liab ä bißlä nachgedacht.
Da sen zuärscht mal Notäzeilä,
die des Blatt an sich eiteilä.

Übbä die Zeilä darf mer ner in än bestimmta Umfang naus.
Siacht's net grod sou a in der Liabä aus?
Äs gibt Grenzä, die därfst net übäschreit,
sonst gähst am Ende du zu weit.

Mer schreibt a vorn drou am Beginn
än Notäschlüssel ärscht mal hin.
Ä passender Schlüssel is a in der Liab fei viel wert,
der dir des Tor zum Herz vom annern uffsperrt.

All die Notä dürfä mer net als Eenzelni säh,
ärscht im Verbund mit anneri tut ä schöans Liad entstäh.
Sou muß mer in der Liab aus vieli eenzelni Sachä
Punkt für Punkt ärscht sich ä Gsamtbild machä.

Bei so ärä Melodie gäht's a mal rauf und ro,
in der Liab is des ja grad ä so.
Mer tut als mal im siebtä Himmel schweb,
und a des Ganzuntä muß mer als ärläb.

Net immä is – scho von Natur –
alles immä schöa in Dur.
manches is ebä a in Moll,
oft grod dann, wenn äs gor net seinä soll.

Mal gäht's piano, mal gäht's forte,
mal leise Tön, mal laute Worte,
mal gäht's langsam, mal gäht's flott
und – Gott sei Dank – net immä ner im gleichä Trott.

Wichtig sen a net ner bei rä Melodie
der Einklang und die Harmonie.
Äs tut a jedi Stimm gleich zähl,
sonst tät im Gsamtä wohl wos fähl.

Ob mer die Liabä oddä ä Liad hernimmt,
wichtig is eenä, der den Takt bestimmt.
Wenn mer da ä gwissi Sichäheit spürt,
wird mer ä schöas Stücklä nach vorne fei gführt.

Die Liab is wie ä Melodie, die klingt,
die unnä Bluat in Wallung bringt.
Äs Komponierä is jedoch scheints nix für mich.
Mei Liad is kurz: Ich liab ner dich!

dz

Wein, Weib, Gesang

Wer net liabt Wei, Weib und Gsang,
bleibt ä Narr sei Labä lang!
Sou is in äm Sprichwort gschriabä,
und äs is net übätriäbä
zu behauptä: Bei eem von derä drei
is jedä sichä irgendwo dabei.
Der ee will mer den Wei verehr,
ä annerä tut dafür a Weib begehr,
wiedä än annern kann es arch viel bring,
tut är als ä Liadlä sing.
Sichä sen a die net schlächt,
denä alles drei is rächt.
Doch jetzt kummt die schwäri Froach:
Wer kann mir am End jetzt soach,
welches wohl von derä drei
war zuärscht da – Gsang, Weib, Wei?
Vor der Froach werd mir schier bang:
Gab's ärscht Weib, dann Wei, dann Gsang?
Oddä müßt mer richtich schreib
die Reihäfolche Wei, Gsang, Weib?
Ihr seht, welch groaßi Schwierigkeitä
mir die drei Wörtä als bereitä.
Weil ich dadurch verwirrt fast bin,
kummt mir manches in den Sinn.
Singä mer, weil mer Schoppä trinkä?
Tun mer mit Wei im Bluat am Weib nachwinkä?
Verlockt ä Weib uns Mannsbildä zum Singä?
Oddä kann es unsä Gsang vollbringä,
daß ä Weiblä nach uns schaut?
Trinkt mer wos, daß mer sich traut,
so ä Weiblä ouzusprechä?
Spendierä mer ihr Schoppä, um ihr Herz zu brechä?
Oh, liabi Leut, ich gläb, ich muß pass
und des Ganzi bleibä lass!
Vor lautä Wei, Weib und Gsang
werd mir ja scho himmelsbang.

Oddä häßt's doch Gsang, Weib, Wei?
Mensch, ich laß es liabä sei!
Vielleicht besteht ja a der Zeitvertreib
am End aus Wei, Gesang und Weib?
Kurz und gut, ich mach jetzt damit Schluß,
weil jedä salbä rausfinnä muß,
wie är's uff die Reihä bringt,
ob är säuft, liabt oddä singt,
ob är singt und säuft und liabt,
oddä ob äs gor des gibt,
daß er vor Liab zu am Weib gor singt
und dabei vielleicht a noch ä Gläslä trinkt.
Letztendlich gilt wohl: Wei, Weib, Gsang
begleitä uns äs Labä lang.
Jeds davou, des hält uns jung
und verleiht uns immä Schwung.
Nähm ä Weiblä nei deim Arm,
dann werd dir's ums Herz ganz warm.
Tu mit ihr im Takte wippen
zu äm Liedlä uff den Lippen.
Tu mit ihr des Glas erheb!
Soach, wos kanns denn Schöanärsch gäb?
Und wenn die Weibä nix mer lockä,
na bleib halt bei an Schoppä hockä,
stimm ou ä Liad mit frischem Mut:
Frisch gsungä, allszua, nacherd werd's scho gut!

Inhaltsverzeichnis:

Von kleeni Kröpf und ihrä groaßi Sträich

Von alti Leut und ihrä ewig jungi Gschichtli

Von Liabä, Leid und von der Leidenschaft

Der klaa Prinz

Fränkisch

Ins Fränkische übersetzt von Hartmut Preß.

Mit Bildla vom Antoine de Saint-Exupéry.

96 Seiten, gebunden, DM 26,00

Die Weihnachtsgeschichte auf fränkisch

Mit Illustrationen aus der

Bilderbibel von Julius Schnorr von Carolsfeld.

Von Hartmut Preß.

16 Seiten, gebunden, DM 9,80

Fränkische Geschichten und Gedichte von Wilhelm Wolpert

Der fränkische Moo

War der eigentlich immer scho so?

80 Seiten, gebunden, DM 24,00

A fränkischa Fraa

Die kimmt een zwar teuer, aber – mer hat aa lang draa

80 Seiten, gebunden, DM 22,00

Haut ab! Des iss unner Feuer!

Geschichten von der »Fröhlich-Fränkisch-Freiwilligen Feuerwehr«

80 Seiten, gebunden, DM 22,00

Liebes Christkindla …

Weihnachtliche Geschichten und Lieder aus Franken

64 Seiten, gebunden, DM 19,80

Herrgott, Dir wenn's nachging

Frech, fromm, fränkisch

64 Seiten, gebunden, DM 19,80

Weitere Bücher und Mundartgedichtbände finden sich in unserem Verlagsprogramm, das wir Ihnen gerne kostenlos zusenden.

vmn

Der Mundartverlag

Verlag Michaela Naumann

Eicher Straße 4 · 61130 Nidderau

Telefon 06187 22122 · Telefax 06187 24902